Vorige boeke deur Francois P Stemmet.

Kambro. 2010 'n Bundel in ligte trant.
Katbos.   2010 'n Bundel in ligte trant.
Mis oor die see 2018
Mis oor die see 2. (Die ontknoping) 2020
Die pad oor Kleinbegin 2020
Oupa, dis donker 2024

Jakes van die Kinderhuis

Francois P. Stemmet

Uitgegee deur: Malherbe Utigewers

Outeur: Francois P Stemmet
Voorbladontwerp:

Geset in Franklin Gothic Book 11pt

Alle regte voorbehou
Kopiereg ©Francois P Stemmet
ISBN 978-1-7764623-6-0
Eerste Uitgawe 2024

1

Hy sit en loer onderlangs na die ander kinders op die speelgrond. Speelgrond? Jakes is nie meer lus vir speel nie. Hy wil dinge doen. Hy wil geld maak. Dinge koop en die wêreld sien. Ja, hy wil reis en ander lande sien en mense ontmoet. Nee wag, hy wil nie eintlik mense ontmoet nie. Hy hou nie van mense nie. Mense is vieslike goed. Hulle maak jou seer, verneder jou en ... aag, hulle kan in hulle moer in vlieg. Eintlik wil hy almal wat voorkom uit die pad uit bliksem. Hy is moeg van beledigings en verkleinering. Hy is moeg van die skuld kry vir ander se droogmaak. As hy net 'n bietjie klas gehad het. Net 'n bietjie.

Dan kyk hy weer in haar rigting. Sy sit saam met haar vriendinne op die lae muurtjie by die aantreeblad. Hulle gesels en lag sonder enige sorge en probleme. Die klok lui en as sy opstaan is dit vir hom 'n teken om ook op te staan. Jakes het 'n obsessie oor haar. Vandat sy in graad agt hier gekom het, het hy al 'n obsessie oor haar. Maar toe staan en dop hy mos graad tien. Dalk moes hy harder gewerk het, maar niemand sou dit in elk geval raakgesien het nie. Niemand sien ooit vir Jakes raak nie. Hy is vir almal 'n las en 'n verleentheid. Jakes van die kinderhuis is 'n fieta.

1

Anneli is mooi. Sy is wragtag mooi en sy sien nie neer op hom nie. Nee, sy groet hom altyd en glimlag selfs vir hom. Nie soos in 'come and get me' nie, nee, sy glimlag met ... met klas.

Jakes staan stadig op en volg die groepie meisies op 'n afstand. Hy sorg dat hy net naby genoeg is vir ingeval iemand hulle kak gee. Die Here weet, as iemand iets aan Anneli doen, sal hy moord pleeg. Hy sal sonder skroom so 'n persoon se strot uitruk.

Dan kyk hy in die rigting van die ander seuns as hulle luidrugtig aangestap kom. Hulle koggel hom altyd en vandag is geen uitsondering nie.
"Hey ou Jakes, sy maak jou lus nè?"
Hy draai om na die dandy mannetjie toe. Hy gryp hom voor die bors en haal uit deur hom met die vuis op sy bek te slaan. Dan kom ou Woeste Willie uitgestap.
"Jakes, is dit alweer jy wat moeilikheid soek? Gaan staan in die ry en bly stil. Magtag moet jy altyd moeilikheid soek. Toe, toe!"
Jakes kyk met 'n frons na die onderwyser op die stoep. Sy woeste snor wip op en af soos hy bevele uitskree soos 'n sammajoor in die blerrie army. Hy onthou toe sy neef in die army was. Eendag het hy die bus gevat en vir hom gaan kuier. Hy't gehoor hoe skreeu die sammajoor op die manne. Net so skreeu ou Woeste Willie op die kinders met sy snor wat op en af wip. Jakes laat los die bleek mannetjie stadig en gaan staan in die ry. Blerrie rubbish!

Tubby kom na hom toe aangestap. Hy klop Jakes op die skouer.

"Moenie worry nie, Tjomma, eendag lê ons hom voor en tik hom dik."

"Hy soek my. Elke blerrie dag skreeu hy op my. As hy my sien, skreeu hy al."

"Ek sê mos. Ons sal hom nog uitsort."

Tubby praat gedemp. Hy wil nie hê die ander kinders moet hoor wat hy vir Jakes sê nie. Dan squeal die gatkruipers weer.

Tubby is die enigste ou in die skool met wie Jakes regtig praat. Hulle verstaan mekaar, soort van. Maar aan die ander kant, niemand verstaan regtig nie. Hoe moet hulle ook verstaan? Daar is baie dinge wat hulle nooit sal verstaan nie. Jakes frons toe hy by ou Woeste Willie verbystap.

"Ek watch vir jou, Jakes. Ek watch vir jou."

Ja watch maar jou poephol, ek sal jou kry. Eendag is eendag, dink hy.

Jakes antwoord nie. Hy stap net aan. Ja, En dis alles oor hy 'n kinderhuis kind is. Hy kan mos nie verdomp help nie.

Maar dis ook nie al nie. Voor die kinderhuis-tyd was daar ander dinge. Sy pa het gesuip en sy ma geslaan. Daar het jy dit nou. So as almal weet hy't sy pa gemoer dan is dit ook maar okei. Dis nie oor hy wou nie. Nee, hy wou nie sy pa slaan nie, maar dis oor sy ma. Sy't al genoeg slae gekry in haar lewe. Vandat Jakes kan onthou word sy omtrent elke dag rondgeklap oor niks. As sy pa dronk is, wat elke dag was, dan word sy ma rondgeklap.

Jakes sien haar en haar vriendinne instap. Hel, as hy ook net 'n bietjie klas gehad het. As hy net lanie kon gepraat het en so aan. Die volgende oomblik is daar 'n ontploffing in Jakes se kop.

"Hallo Jakes."

Sy't hom gegroet. Sy bene vou effens onder hom in en hy gaan aan die bewe. Sy't hom wragtag gegroet.

Sy kop suis. Hy sien die grinnik op Tubby se gesig.

"Los daai girl, ou Jakes, ons issie haar klas nie."

Daar is bitterheid op Tubby se gesig. Hy klop Jakes hard op die skouer.

Jakes wil Tubby se bek toeklap, maar toe kom ou Willie weer aangestap. Willie knik net sy kop en wys vinger vir Jakes. Shit, wat het hy nou alweer gedoen? Ou Willie skreeu op hom uit gewoonte.

Hulle is skaars in die klas, toe kom die hoof se stem oor die interkom.

"Sal Johan Duvenage asseblief kantoor toe kom."

Die hele klas se koppe draai na Jakes toe. Maar Jakes is al gewoond aan daardie aankondiging. Jakes is mos die een wat alles doen wat verkeerd is. Jakes dit en Jakes dat. Maar nou? Hy kan nie eers vaagweg dink aan iets waaroor hy moet kantoor toe gaan nie. En dan lag die blerrie kinders ook nog vir hom. In sy gedagtes vloek hy hulle, maar as hy iets sê, dan is ou Willie weer op hom.

"Binne."

Jakes sidder nie meer as hy die hoof se kwaai stem hoor nie. Hy is al so gewoond daaraan as wat hy aan waterige mieliepap in die kinderhuis is. Hy sê nie eers môre nie en buk sommer by voorbaat. Laat die bliksem hom warm slaan en klaarkry.

"Hoekom buk jy, Johan?"

"Meneer gaan my tog moer."

"Jou taal, Johan."

"Ja Meneer."

"Kom sit hier, ek wil met jou praat."

4

Jakes frons wanneer hy op die enkele stoel voor die hoof se lessenaar gaan sit. Waaroor sal die hoof nou wil praat?

"Johan, dis vir my duidelik jy voel skuldig oor iets, so sê sommer nou vir my waar die geld is, dan spaar jy vir ons almal tyd en drama."

Weer die frons.

"Meneer?"

Die hoof kyk streng na Jakes en dis duidelik hy raak geïrriteerd.

"Man, ek probeer ordentlik wees met jou, maar jy maak dit vir my onmoontlik. Waar is die geld wat jy uit Juffrou Roux se kleinkas ges... gevat het?"

"Juffrou Roux, Meneer?"

"Jy weet goed waarvan ek praat. Sê nou vir my waar die geld is en betaal dit terug, dan sal jy vir jouself 'n klomp nonsens spaar. As jy aanhou om dit te ontken, gaan jy baie moeilikheid maak."

Hoe kan die man hom sommer so beskuldig? Watse geld is dit? Hoekom sal dit juis hy wees wat dit gesteel het? Ja, die antwoord daarop ken hy ook. Hy is mos Jakes van die Kinderhuis. As iets weg is dan was dit Jakes. Enigiets wat by die skool gebeur is Jakes. Hy probeer hom inhou, al voel hy lus en staan op en donner die Hoof tussen sy oë. Hy beteuel himself en kyk die hoof reguit in die oë.

"Ek het niks uit Juffrou Roux se blikkie gevat nie, Meneer."

"Maar jy lieg mos nou, Johan!"

"Meneer, wragtag ek belowe, ek weet van niks nie. Dit was nie ek nie."

Die hoof tel die gehoorstuk van die telefoon op.

"Nou goed, dan sal ek maar die polisie moet inroep. Ek wou dit intern oplos, maar jy wil duidelik nie saamwerk nie."

Dan skakel hy 10111. Hy wag. Dan praat hy weer.

"Goeie dag, Meneer, dis Ben Burger van die hoërskool, ek wil net graag 'n klag van diefstal hier by die skool aanmeld. Goed, ek wag vir julle."

Jakes staan op.

"Kan ek nou maar gaan, Meneer?"

"Sit net waar jy is. Jy het nog kans om met die storie uit te kom, Johan. As jy nou praat kan ek nog die polisie uit die saak uit hou."

Hy is moedeloos. Niemand luister na wat hy sê nie. Hoe moet hy die hoof oortuig hy het niks uit Juffrou Roux se kleinkasblikkie gevat nie.

"Meneer, dit was nie ek nie, ek sweer. Hoekom hoor julle my nie? Ek kan praat soveel ek wil, maar Jakes is altyd in die stront al het ek niks gedoen nie."

Dalk was sy stem 'n bietjie hard, maar hy kan dit nie help nie. Die hoof spring op.

"Ek het nou genoeg van jou vuil taal gehad. Sit en hou jou ... bly net stil, man."

Jakes gaan sit moedeloos. Hy sit doodstil terwyl die hoof blykbaar aangaan met sy werk. Na amper 'n halfuur lui die interne foon op die hoof se lessenaar. Hy tel op.

"Ja? Nou goed, stuur hom in."

Die polisieman kom ingestap en Jakes sien op sy gesig dat die man hom herken. Dis dieselfde ou wat 'n maand gelede by die Kinderhuis was toe hy daai klein stront geklap het wat hom 'n kommin gemors genoem het. Feit is hy was daardie aand skuldig, maar vandag is hy nie.

"Hierdie seun is die enigste wat volgens ons die skuldige kan wees, Meneer."

Die polisieman haal 'n dossier uit en gaan sit op die stoel waarvandaan die hoof Jakes met 'n swaai van die hand verwilder het. Dan skryf die man in die dossier. Hy skryf baie.

"Ons sal die saak ondersoek, Meneer Burger. Ek sal net graag met die betrokke persone wil praat. Dan hou hy sy hand na Jakes toe uit.

"Kom."

Hy stap met Jakes aan die arm na die polisievoertuig wat voor die trappe staan. Hy maak die agterste deur oop en stoot Jakes hardhandig in. Dan maak hy die deur toe en sluit dit sorgvuldig. Hy stap terug na die hoof se kantoor om 'n volledige verklaring te neem.

Dis pouse. Die kinders swerm om die polisievangwa. Hulle lag hardop vir Jakes. Hy kyk hulle net hulpeloos aan soos 'n dier wat in 'n hok toegesluit is. Dan sien Jakes haar. Hy draai sy kop weg. Hy kan nie nou na haar kyk nie. Hy sal nooit weer na haar kan kyk nie, hy is net te blerrie skaam en dit was wragtag nie hy nie. Anneli kom direk na die vangwa toe aangestap. Hoekom doen sy dit nou, kan sy nie sien hoe skaam hy is nie? Anneli staan styf teen die vangwa. Asof sy nie wil hê die ander kinders moet hoor wat sy sê nie.

"Jakes, ek weet dit was nie jy nie."

"Wat?"

"Ek sê ek weet dit was nie jy nie."

"Hoe weet jy?"

"Jy sal nie soiets doen nie, en ek weet dit."

Vir die eerste keer kyk Jakes na haar. Iemand glo in hom. Daar is tog iemand wat luister na wat hy sê. Iemand wat hoor. Sy bloed pomp doef-doef in sy ore. Deels van skaamte en deels omdat hy besef iemand glo in hom.

7

"Dankie, Anneli."

"Ek sal jou tas in jou klas gaan kry en in my sluitkas toesluit. Ek sal dit hou tot jy terugkom."

Terugkom? Hy wil nie terugkom nie, hy wil net verdwyn. Sommer heeltemal van die aardbol af verdwyn. Sy woorde klink vir homself hol en onwerklik toe hy antwoord. Hy het geen nut nie en as hy op skool al so geboelie word, hoe gaan dit wees as hy eendag 'n grootmens is?

"Dankie Anneli."

Dan kom die polisieman aangestap. Anneli vat vlugtig aan Jakes se hand waarmee hy aan die sif van die vangwa vasklou. Sy knik net en stap dan weg.

2

Twee dae later was hy weer daar. Teen daardie tyd het almal geweet. Daar is geld gesteel uit die snoepie se kleinkasblikkie. Dit moet Jakes wees, wie anders? Niemand stel belang om te hoor wat hy sê nie. Niemand wil hom 'n kans, net 'n klein kansie gee dat hy dalk onskuldig is nie. Dis seker logies, want alles is altyd Jakes se skuld.

Hy kan Anneli nie in die oë kyk nie. Hy vrek van skaamte. Wat moet sy van hom dink? Daardie dag sit hy nie weer naby Anneli en haar vriendinne nie. Hy gaan fietsloods toe en sit op 'n klip. Hy trek met 'n stukkie klip patrone op die sementblad. Die volgende oomblik kom Woeste Willie om die hoek.

"Sit en rook jy, Jakes?"

"Nee Meneer ek ... ek sit net."

"Natuurlik sit jy weer en planne maak vir die volgende stront wat jy wil aanvang, Toe gee vir my jou sigarette."

Hy hou sy hand na Jakes toe uit.

Jakes kyk Willie verslae aan.

"Ek het niks nie, Meneer. As ek gehad het, sou ek gerook het."

Hy kyk uitdagend na die onderwyser. Dan staan hy op en loop terug aantreeblad toe.

9

"Ek praat nog met jou, Jakes."

Jakes hou net aan met stap.

Die polisie kon nou wel nie enige bewyse kry dat dit Jakes was wat die geld gesteel het nie, maar hy het nie 'n goeie reputasie nie. Hy's 'n moeilikheidmaker en 'n Kinderhuiskind.

In die klas kyk hy by die venster uit en dan kry hy daaroor ook 'n uitkak.

Met kort pouse sit Jakes weer so op 'n afstand van Anneli en haar vriendinne af. Julie sien dit.

"Jy moet vir hom sê hy moet jou uitlos, Anneli. Hy gee my die creeps."

Anneli kyk na Jakes se kant toe en dan na Julie.

"Hy het nog niks aan my gedoen nie, Julie."

"Maar hy sal. Die oomblik as hy die kans kry, sal hy jou ... man, ek ken sy soort."

"En waste soort is dit?"

"Moenie moedswillig wees nie, Anneli."

"Okei, ek sal hom gaan sê."

Anneli stap na Jakes toe. Wat sy vir hom wil sê weet sy nie, maar sy weet hy was onskuldig en sy gaan ten minste dit vir hom sê.

"Jakes, luister, ek het jou gesê ek weet dis nie jy wat daai geld uit juffrou Roux se blikkie uit gesteel het nie."

Sy mond hang oop.

"Maar hoe weet jy dit?"

"Jy sal nie steel nie, daarvan is ek seker. Jy's moedswillig en jy maak soms moeilikheid, maar jy sal nie steel nie."

Hy kan nie 'n woord uitkry nie, maar Anneli verstaan.

Jakes kan nie praat nie.

Daar is iemand wat nie dink hy is outomaties sleg omdat hy uit die kinderhuis uit kom nie. Maar Jakes weet dit gaan verder terug as die kinderhuis. Dis van Fietas se tyd af. Okei, almal in Fietas was kommin, maar almal se pa's het nie gesuip nie. Almal se pa's het nie hulle vrouens gebliksem oor niks nie. Nou sit hy met 'n rekord en wie gaan eendag vir hom werk gee? Hel, hy wil so graag ook 'n bietjie klas gehad het. Dan kon hy nou met Anneli gepraat het soos ... maar as hy sy mond oopmaak weet almal hy's kommin. Hy dink aan daardie aand in Fietas. Sy pa was weer gesuip soos elke ander aand. Maar die keer was dit Vrydagaand en dan is dit soveel erger. Die week is al erg genoeg, maar Vrydag aande is dit die ergste. Hy was in sy kamer aan die agterkant van die council huisie. Toe sy pa weer op sy ma vloek kon Jakes dit nie meer hou nie. Hy onthou, hy het pas vyftien geword en as sy pa nugter was sou hy nie die kans gevat het nie. Frikkie Duvenage is 'n sterk man. Jakes was ook goed gebou, maar hy was maar net vyftien. Hy stap vinnig kombuis toe. Hy moet wragtag sy pa keer. Frikkie stamp sy vrou dat sy teen die deurkosyn val. Sy staan op met bloed aan haar kop en lip.

"Frikkie, asseblief, ek sal vir jou ander kos maak, ek het maar net gedink."

"Jy moenie dink nie, jou blerrie slet. Wie kan die gemors eet wat jy maak? Toe sê my wie?"

Sy ma staan voor die wasbak en probeer die bloed aan haar lippe afvee. Hy kyk simpatiek na haar.

"Ma, ek sal ... ma moenie ... ma ek sal hom donner!"

Dan tref die eerste vuishou hom. Hy verloor sy balans en val teen sy ma sodat sy amper op die vloer val. Dan kom die tweede hou.

"Jou simpel klein moer! Vir wie wil jy donner?"

Jakes gee vinnig pad en sy dronk pa verloor effens sy balans. Jakes maak van die geleentheid gebruik en piets sy pa op die kakebeen. Die dronk man slaan soos 'n os neer en stamp in die val sy kop teen die tafel se hoek. Hy bly doodstil lê. Younis kyk skerp op.

"Johan, wat de donner doen jy? Jy sal hom mos vrek maak man!"

Jakes staan en kyk sy pa aan met sy vuis steeds gebal. Dis nie wat hy wou doen nie, maar hierdie gefight en gesuip moet ophou. Al moet hy hom dooddonner, hy gaan nie toelaat dat die dronkgat sy ma verder verniel nie.

Dit was al halfdonker toe die polisie daar opdaag. Hulle sluit hom in die polisieselle toe saam met 'n spul gemors van die straat af. Nie lank nie of daar is 'n woeste vuisslanery onder die spul. Hulle baklei oor wie vir Jakes gaan kry. Die volgende dag is hy in die hof. Die landdros was Jake simpatiek gesind, omdat hy sy ma probeer beskerm het. En gelukkig vir hom het hy net een hou geslaan. Ja, die hof het dit in ag geneem. Hy is nie tronk toe nie . Gelukkig nie, maar dit sou in elk geval nie saak gemaak het nie. Die kinderhuis is net so erg. Tubby-hulle sê dis omdat hy nie eintlik wil aanpas nie. Hy fight met almal en praat teë.

"Go with the flow, my China", het Tubby gesê. "Moenie vir hulle wys hulle roer jou nie. Maak of alles maar okei is."

Jakes het dit probeer, maar dit het nie vir hom gewerk nie. Almal sien neer op hom omdat hy arm is en ... en kommin.

"Jakes, ek praat met jou."

Hy kyk skielik op in daardie groen poele. Dis Anneli. Sy's nie baie vriendelik nie.

"Ek sê, ek is baie teleurgesteld in jou vandag."

Hy't haar nie eers sien naderkom nie.

"Hoe ... hoekom Anne ... Anneli?"

Sy kyk hom streng aan. Jakes kyk weg.

"Jy weet baie goed. Ek het jou verdedig, maar dit wás jy en Tubby wat vir Sean geslaan het."

"Ja maar Anneli, die ou het ... hy's 'n klein mo..."

Sy val hom in die rede.

"Jy gaan Sean en sy ouers om verskoning vra Jakes. Hulle wag in die hoof se kantoor. Ek het gesê ek sal jou kom haal. Sies man Jakes, en dan nogal twee teen een. Hoekom moet julle 'opgang' teen iemand wat kleiner is as julle."

"Sorry, Anneli, maar hy't vir my gelag. Hy't my gemok."

"Kom. Jy gaan nou om verskoning vra en klaar."

"Hoe vra 'n mens verskoning?"

Anneli draai na Jakes toe.

"Meneer en Mevrou Hartman, ek is jammer oor wat ek gedoen het. Sean, jammer ou maat, ons was verkeerd en ons sal dit nie weer doen nie."

"Moet ek so sê?"

"Ja."

"Maar dan lieg ek mos. Ek wil nie lieg nie, Anneli."

Maar uit hierdie een gaan hy hom nie los praat nie.

"Jy moet sorg dat jy dit bedoel. Verstaan jy my?"

Sy draai om en stap in die rigting van die hoof se kantoor. Toe hy inkom sien hy Tubby is reeds daar. Hy gaan staan stil langs Tubby wat na die vloer staar. Jakes wens die aarde kan oopgaan dat hy net kan wegsak en nooit weer terugkom nie.

Die om verskoning vraery was nie vir Jakes lekker nie, maar hy het dit gedoen.

Eintlik was dit hel. Daar staan die lanie man en sy vrou en die klein mofgat kyk hom uit die hoogte aan. Daai dag sal hy nooit vergeet nie, al word hy 'n honderd jaar oud. En Anneli kyk hom aan met 'n frons. Hy is so blerrie skaam. Nee, nie vir die ander nie, hulle kan in hulle moer vlieg. Nee, dis vir Anneli wat hy skaam is. Hy voel verneder voor haar.

Toe hy terugkom in die klas kyk die onderwyseres vies op haar horlosie.

"Duvenage, waar was jy, kyk hoe laat kom jy hier aan. Waar was jy, vra ek?"

Hy vererg hom dat hy omtrent blind word. Kan hy dan verdomp niks reg doen nie. Dis mos nie hy wat na die hoof se kantoor toe gegaan het uit vrye wil nie. Hy antwoord haar, maar net so 'n bietjie te hard.

"Juffrou ek was by die hoof omdat ek die mo ... vir Sean gedonner het."

Die woorde is uit voor hy kon keer. Hy staan bloedrooi by sy bank en klem die bank so hard vas dat dit eenkant toe skuif. Die klas skreeu van die lag.

"Durf jy sulke taal in my klas gebruik? Terug kantoor toe. Nou!"

Hy klop hard aan die hoof se deur. Toe die antwoord kom, is dit duidelik dat die hoof geskrik het.

"Wat soek jy alweer hier, Duvenage?"

"Juffrou Roux het gesê ek moet kom, Meneer."

"Hoekom?"

"Meneer sy't gevra hoekom ek ... ek meen sy't gesê ... ag Meneer, moer my nou net en kry klaar."

Die hoof wil eers reageer, maar dan besluit hy op 'n ander taktiek. Dalk werk 'n sagter taktiek met Jakes.

"Sit, Duvenage. Kalmeer en vertel my wat gebeur het."

Jakes kan nie so mooi verstaan nie, maar gaan sit met 'n groot frons op sy voorkop. Hy kyk na iets onsigbaar op die Hoof se lessenaar. Dan hoor hy weer die Hoof se stem.

14

"Duvenage, jy is omtrent elke dag in my kantoor. Hoekom is jy altyd in die moeilikheid Seun?"

Wanneer het iemand hom laas Seun genoem? Of is ou Big Ben nou besig om gat te kruip om hom sag te maak om simpel beloftes uit hom uit te kry. Hy kyk steeds na die lessenaar.

"Johan, ek wil jou graag help, maar dan moet jy met my praat."

Jakes se oë kyk rond in die vertrek. Dis darem vir die Hoof 'n teken dat hy gehoor het daar word met hom gepraat.

"Meneer dis omdat... Meneer almal dink ek is robbies, Meneer. Almal kyk af op my."

"Sien neer op jou."

"Skies Meneer?"

"Die uitdrukking is nie 'kyk af' nie, dis 'sien neer.' Nou hoekom sien hulle neer op jou?"

"Omdat ek... Meneer hulle sê ek is kommin. Hulle sê ek is 'n fieta."

"Hoekom dink jy hulle sê so?"

"Ek weet nie. Seker oor ek 'n kinderhuiskind is, Meneer."

"Maar dan moet jy vir hulle wys 'n kinderhuiskind is nie noodwendig kommin nie, Johan."

"Maar hulle is reg Meneer. Ek sal nooit lani wees nie Meneer en ek kom uit Fietas uit."

"Johan, ek sal vir Juffrou Roux sê ons het die saak bespreek. Gaan nou terug klas toe en moenie jou so vererg nie man. 'n Regte man hou sy 'cool' "

Jissie, hy het die Hoof nog nooit so hoor praat nie. So amper ... ja, amper net soos hy. Hy klink amper soos 'n gewone mens.

"Goed Meneer, ek sal probeer."

"Nou toe, en ek wil jou nie elke dag hier sien nie."

Jakes stap stadig terug klas toe. Hy oorweeg dit om op die rugbyveld te gaan sit tot die klas verby is, maar dan sal die Hoof hom vrekslaan. Nee, hy sal probeer wat die Hoof gesê het.

Maar daardie voorneme het nie lank gehou nie. Sean kom van vooraf aangestap en die bloed klop in Jakes se slape. Hy praat hard met homself. 'Hou jou pose Bliksem, hou jou pose."

"Wat sê jy?"

Hy stop as hy besef Sean het hom gehoor.

"Man los my uit of ek breek jou fokken dun nekkie!"

Meneer Burger weet dat Jakes 'n soort bewondering vir Anneli het. Dit lyk ook of sy hom verstaan. Hy besluit om haar in te roep.

"Sit, my kind."

Anneli gaan sit op die stoel reg teenoor Burger. Sy kan nie verstaan hoekom hy haar ingeroep het nie.

"Anneli, ek weet jy gaan nou 'n gedeelte van jou wiskundeklas mis, maar ek moet met jou praat. Kyk, dit gaan oor Johan Duvenage."

"Ja Meneer, het hy drooggemaak?"

Hy glimlag effens.

"Maak hy nie maar altyd droog nie? In elk geval, ek wil jou vra of jy nie dink daar is iets wat ons kan doen om hom te help nie."

"Sjoe, Meneer dis 'n moeilike een. Ek probeer my bes, maar dit lyk my hy kan net nie 'n dag deurgaan sonder probleme nie."

"Ek wil hom so graag help, Anneli. Ek kan mos sien Johan is nie dom nie. Die feit dat hy laasjaar gedruip het beteken nie hy's dom nie. Hy het ander probleme. Gaan dink jy nou daaroor en dan praat ons weer."

"Ja Meneer."

Sy staan op en stap deur toe. Dan praat Burger weer. "O ja, jy moenie vergeet om die rolverdeling van die toneelstuk te doen nie. Julle moet volgende week begin repeteer. Die streeksuitdunne is oor ses weke."

Dan besef sy skielik. Ja, sy mag dalk net 'n plan hê met Jakes.

3

Dit was die Vrydag, nog voor skool. Jakes staan by die hek toe Anneli inkom.

"Anneli, sorry, kan ek met jou praat?"

"Ja, Jakes, wat is dit?"

"Ek gaan waai. Ek los die skool."

"Fout, Jakes. Groot fout."

"Ek gaan werk."

"Jakes, jy moet weer dink. Kry eers jou matriek."

"Ek kan dittie meer handle as almal my soos gemors behandel nie. Ek sal gaat werk en vir almal wys ek is nie die robbies wat hulle dink ek is nie. Sorry Anneli."

"Wys dit vir hulle hier, Jakes."

"Jy laat dit easy klink, Anneli."

"Nee, dit gaan nie maklik wees nie, maar jy kan dit doen, en ons begin vanmiddag. Ek wil jou direk na skool in die saal sien."

Hoekom in die saal? En wat wil sy vir hom sê?

Jakes stap saal toe die middag. Hy weet nie hoekom Anneli hom wil sien nie en dis duidelik die ander weet ook nie wat hy daar doen nie, maar Anneli lig hulle gou in.

"Ons voer 'n verhoogstuk op vir die interskole kompetisie van die ATKV. Soos julle weet is ek aangewys om die regie te doen. Die stuk wat ek gekies het gaan oor 'n skool. Maureen is die skoolsekretaresse, in wie se kantoor alles afspeel. Johan is die skoolhoof, en Julie..."

Eers dan besef Jakes dis van hom wat sy praat. Hy kyk op en sy ore suis. Wat maak hy hier?

"Anneli... Nee!"

"Jakes, ek vra nie, ek sê. Ons repeteer elke middag."

Toe die ander later weg is, staan Jakes bedremmeld voor Anneli.

"Ek kan dit nie doen nie, Anneli. Ek kan dit nie doen nie, ek is robbies en almal weet dit."

"Luister Jakes, hier is niemand wat enigsins 'n beter mens as jy is nie. Van vandag af glo jy in jouself. Verstaan jy my mooi?"

"Maar jy verstaan nie Anneli."

"Ek verstaan maar al te goed, Jakes. Jy het geen selfvertroue nie en dis onsin. Al kom jy uit Fietas uit, jy is net so 'n mens soos al die ander kinders."

"Maar jy weet nie alles nie Anneli. Jy weet nie die helfte nie. Ek sit met 'n rekord, ek het my pa gedonner en toe sluit hulle my toe."

Vir 'n paar oomblikke is Anneli stil, maar dan praat sy.

"Ek is seker jy moes 'n baie goeie rede gehad het om dit te doen, Jakes."

"Hoekom sê jy so?"

"Omdat ek nie glo jy sou jou pa aangerand het sonder rede nie."

Hy het lank na haar gekyk en toe trek hy net sy skouers sonder woorde op. Dalk sou hy nie, maar as soiets weer gebeur sal hy dit weer doen. Sy ma kan nie langer 'n slaansak wees nie.

19

Die volgende dag sit Jakes nog steeds 'n entjie van haar en haar vriendinne af. Hy hou hulle net dop en kyk weg as een van hulle opkyk.

Julie staan op.

"Kyk Anneli, as jy dit nie gaan doen nie, dan sal ek. Ek gaan nou met die hoof praat."

"Oor wat?"

"Oor daardie leepoog ding wat jou sit en dophou die hele tyd."

"Julie, jy doen niks van die aard nie, Hy doen niks aan my nie en hy sal ook nie. Los hom uit."

Dan kom 'n seun aangestap na Anneli toe. Jakes ken hom en hy weet die ou het sy oog op Anneli. Toe Hennie voor Anneli gaan staan, is Jakes by. Hy staan so amper tussen Anneli en Hennie, kompleet soos 'n hond wat sy baas beskerm. Anneli bly kalm terwyl Julie haar asem intrek.

"Toemaar Jakes, hy's oraait."

Jakes kyk Hennie aan met vuur in sy oë. Dan praat hy sag met Anneli.

"Okei, Anneli."

Hy draai stil om en gaan sit weer op die muurtjie. Hy hou elke beweging dop wat Hennie maak. Laat hy net een verkeerde beweging maak. Net een.

Julie hou die spulletjie fyn dop en dis duidelik dat sy Jakes nie vertrou nie. Die middag na skool stap sy en Anneli na die skoolhek toe. Jakes stap so tien tree agter hulle. Julie kyk die heeltyd om, maar Jakes steur hom nie aan haar nie. Hy stap kop onderstebo asof hy niks en niemand wil raaksien nie, maar sy oë bly op Anneli.

By die hek gaan staan Anneli. Sy draai om na Jakes toe.

"Dankie, Jakes. Sien jou môre."

Hy knik net en stap na die bushalte toe.

Julie kyk hom agterna. Anneli sien dit.

"Julie, los hom. Hy pas my op."

"Liewe magtag maar hy het 'n crush op jou, Anneli."

"Ek weet nie, ek weet net hy sal niks aan my doen nie."

Die volgende week begin die repetisies. Jakes is daar. Hy vrek van die senuwees en hy stotter as hulle begin lees. Hy kan nie so lekker vinnig lees soos die ander nie. Nogtans het hy sy woorde geken voor 'n paar van die ander. Sy bonkige lyf het goed gepas by die skoolhoof se karakter. Meneer Burger het die repetisies met 'n valkoog dopgehou en was aangenaam verras met wat Anneli reggekry het met Jakes. Dit was amper asof hy ingepas het in die groep.

Tubby klop liggies aan Jakes se kamerdeur en kom in.

"Ou Jakesie, vanaand is die aand."

Jakes kyk verveeld op.

"Watse aand?"

"Ag nee komaan man, kry 'n bietjie lewe. Ek en jy gaan uitslip."

"En hoe gaat ons dit regkry?"

Onthou jy daai funny-jannie wat 'n ruk gelede hier geperform het? Daai ou wat daai simpel songs sing, wat is sy naam nou weer? Any way, hy sing weer vanaand hier."

"So what? Laat die ou sing as hy wil."

"Luister nou vir my. Ons gaan saal toe. Ons sorg dat almal ons sien. Ons sit nie bymekaar nie, dis te obvious. Dan gaan ons kleedkamer toe, maar ons kom nie terug nie. Ons slip uit en gaan club."

Nou begin dinge vir Jakes sense maak. Ja, dit gaan lekker wees.

"Maar dan moet ons dop koop en my geld is lankal klaar. Ek het net daai paar rand wat ek gekry het toe ek ou Piepie Langkous se kar gewas het."

"Toemaar, ek kan 'n plan maak. My pel se pel is die bouncer en hy sal vir ons 'n dop of twee organize."

Nou klink dit vir Jakes nog beter. Hy knik.

"Okei, maar wie van ons gaan eerste badkamer toe?"

"Ek sal, Ons wag tot daai ou sing, dan staan ek op. Jy hou my dop en jy wag so 'n paar minute, dan kom jy ook. Okei?"

"Okei."

Die twee kry mekaar by die kleedkamers en draf koes-koes hek toe. Omdat daar 'n funksie is, is die hek nog oop. Hulle sluip behendig uit. Dis ver klub toe en hulle draf-stap die hele pad. By die deur word hulle voorgekeer.

"Hei, is julle agtien?"

"Natuurlik. Jy kan mos sien."

"Wys."

Die man hou sy hand na hulle toe uit, maar Tubby is geslepe.

"Hey, kyk daai ou steel 'n foon."

Toe die deurwag opkyk, glip Tubby en Jakes vinnig in. Hulle gaan badkamer toe en wag tot dinge bedaar. Die deurwag soek nie lank na hulle nie. Tubby wink die bouncer nader.

"Jis, hoor hier, ou Barney stuur groete."

Die bouncer herken duidelik die naam. Hy glimlag.

"O, jy ken vir Barney?"

"Ja, ons is ou tjoms."

Jakes kyk verbaas na Tubby wat so vinnig dink en doen. Binne minute het hy die bouncer oorreed om 'n stempel te kry en hulle hande te stempel. Toe die deurwag hulle raaksien, vra hy hulle waar hulle stempel is en hulle wys met 'n glimlag die stempel op hulle hande. Dis so besig, dat die deurwag dink hy het seker maar hulle hande gestempel en hy laat hulle met rus.

Die bouncer kry vir hulle elkeen 'n bier en dis maar net die begin. Die twee slaan die bier weg en kry gou weer 'n volle. Teen tienuur is hulle ver heen en hulle weet hulle moet nou teruggaan, anders kom die konsert uit en almal sien hulle is nie daar nie. Hulle drink hulle laaste bier klaar, groet die bouncer en stap deur toe. Dan sien hulle hom. Woeste Willie op die dansvloer met 'n blonde meisie.

"Jakesie, sien jy wat ek sien?"

"Wat?"

"Daar op die dansvloer. Sien jy nie?"

"My bliksem!"

"Nou sê nou vir my, Jakesie. Hoeveel bollie het daai ou jou al gegee?"

"Baie. Elke blerrie dag."

"Nou dink jy nie dis tyd dat hy leer nie?"

"Jy meen ... moet ons hom regsien?"

"Jy weet dan."

"Maar hulle gaat ons vang man, dan is ons cover geblaas."

"Nee, ons wag tot hy gaan pis. Dan gaan ons ook."

"Maar dan sien die blerrie ou ons."

"So what? Ons is mos by die konsert in die saal. Onthou jy nie. Wie gaan hom glo?"

"Jy meen ons..."

"Ons moer hom dik, tjom."

Jakes glimlag. Dan stap die twee na 'n tafeltjie toe en hang daar rond. Hulle wag. Enige man wat 'n paar biere drink moet een of ander tyd daarvan ontslae raak. Na twintig minute neem Woeste Willie die meisie terug na haar tafel toe en stap kleedkamer toe. Tubby druk in Jakes se sy.

"Sien jy, ek het jou mos gesê."

Die twee glip in die badkamer in en gaan staan weerskante van Willie. Hy kyk in Jakes se rigting.

"Jakes, wat maak jy hier?"

Jakes is uitdagend.

"Net wat jy hier maak, tjom. Ek pis."

Tuby lag en Willie kyk in sy rigting. Maar voor hy iets kan sê, tref Jakes se vuishou hom teen die oor. Toe hy koes na Tubby se kant toe, tref Tubby se vuis hom vol op die mond.

Binne sekondes is Willie dikgeslaan. Hy lê op die vloer en haal swaar asem.

"Jy moet twee keer dink voor jy ons weer kak gee, jou stront."

Dis vir Jakes lekker om daai woorde te gebruik. Hulle lag en stap uit. Hulle is vinnig by die deur uit en hardloop die meeste van die pad kinderhuis toe. Hulle glip in net toe die deure oopgaan en die kinders uitkom. Ongesiens val hulle saam met die kinders in en stap lag-lag terug om te gaan slaap. Hulle praat onder mekaar oor die vertoning en niemand merk op hulle was nie daar nie. Jakes gaan saam met sy drie kamermaats in en binne minute is hy in die bed.

Teen twaalfuur die nag is daar 'n harde geklop aan Jakes se kamerdeur. Dan gaan die deur oop en die hoof van die kinderhuis kom saam met twee polisiemanne ingestap.

"Jakes, waar was jy vanaand?"

Die hoof kyk streng na hom.

"Hoekom Meneer?"

"Antwoord my net man."

"Ek was in die saal, Meneer, by die konsert."

"Jy lieg mos."

"Meneer kan hierdie ouens vra, ons het nog saam gestap van die saal af."

Die ander drie het intussen wakker geword van die geraas en sit regop. Die hoof kyk om die beurt na hulle.

"Waar was Johan vanaand? Toe, praat."

"By die konsert, Meneer."

Die hoof is effens van stryk af.

"Die hele aand?"

"Ja Meneer."

"Is julle doodseker?"

"Ja Meneer, hy't saam met ons teruggestap na die tyd."

Maar die hoof gaan nie so maklik tevrede gestel word nie. Trek vir jou aan, Johan. Ek wil jou in my kantoor sien binne tien minute. Dan stap hy en die polisiemanne uit. In die kantoor gaan sit die hoof agter sy lessenaar. Hy frons. Hier is iets snaaks aan die gang, maar hy kan nie verstaan wat nie. Dan kyk hy op na die sersant.

"Sersant, en jy sê Meneer Erlank het hulle name vir jou gegee?"

"Ja, Meneer. Johan Duvenage en Tubby Breedt. Hier't ek dit neergeskryf."

"Ons sal nou agter die kap van die byl kom."

Dan is daar 'n kloppie aan die oop deur en Jakes kom in. Net daarna kom Tubby in. Hy kyk kamstig verbaas na Jakes.

"Jis, Jakesie, Hoesit?"

"Jis, Tubs."

Die hoof hou hulle fyn dop.

"Waar was julle vanaand?"

Tubby antwoord eerste.

"Maar Meneer, ons was almal by die konsert in die saal."

"Maar julle altwee lieg. Meneer Erlank het julle mos herken Man."

Albei frons.

"Maar Meneer, waar het hy ons herken?"

"In die klub, man. In Brixton."

"Jissie, Meneer, hy maak 'n fout. Ons was wragtag in die saal by die konsert."

"Was julle bymekaar?"

Tubby kyk vinnig na Jakes en dan na die hoof.

"Nee, Meneer, ek het Jakes vandag by die skool laas gesien."

Die hoof praat diékant toe en vra uit daardie kant toe, maar die twee se storie bly dieselfde.

"Nou toe, gaan slaap, ons sal môre die regte storie kry."

Net voor skool praat Tubby en Jakes.

"Jy kan maar weet, Jakesie, ou Big Ben sal ons nou-nou kantoor toe roep."

"Solank ons net by ons storie hou, Tubby. Hulle kan niks bewys nie. Dis ons woord teen ou Willie s'n. Ek wonder hoe lyk hy na ons geselsie."

***.

Toe die twee in die hoof se kantoor instap groet albei vriendelik. Willie Erlank sit op die stoel teenoor die hoof.

"Môre Meneer Erlank."

"Môre Meneer."

Die twee kyk nie na mekaar nie, want dan sal hulle sweerlik uitbars van die lag. Willie se gesig is skeef en opgeswel. Sy oë is albei potblou en half toegeswel. Die hoof hou hulle fyn dop.

"Nou toe manne, vertel ons nou van julle besoekie aan die klub gisteraand."

"Meneer?"

Hulle monde hang oop dat die hoof nou so 'n vraag kan vra. Hulle was mos by die konsert gisteraand.

"Man, vandag moet julle nie vir my lieg nie. Kyk hoe lyk Meneer Erlank. En dis julle twee se werk."

"Maar Meneer, ons was in die konsert gisteraand. Die hele aand."

Erlank spring op.

"Julle lieg man, dis julle twee wat my betrek het en aangerand het."

Jakes en Tubby kyk verbaas na die hoof.

"Meneer, dit was nie ons nie. Meneer kan die ouens vra by die kinderhuis. Ons was almal in die saal."

Ben Burger kan slange vang. Sy personeellid sal mos nie vir hom lieg nie. Maar die twee se storie is waterdig. Die polisie het verklarings van 'n klomp kinders geneem wat almal sê Jakes en Tubby was saam met hulle in die saal.

"Nou toe, ons sal wel agter die kap van die byl kom. Gaan klas toe."

Erlank stap ook na sy klaskamer toe en slaan die deur toe. Toe hy omdraai na die klas toe, bars almal uit van die lag. Willie bewe so groot as wat hy is. Hy skree onbeheersd.

"Shut up. Shut up net!"

Van klasgee was daar nie juis sprake nie en die hele dag deur was daar baie gepraat oor Willie so op sy swernoot gekry het. Daar was nie juis 'n kind wat die situasie nie geniet het nie.

Jakes het die dag nie naby Anneli gekom nie. Hy was bang om vir haar te lieg. Hy kan maar net hoop die stof gaan lê gou. Maar Willie Erlank het vir seker 'n les geleer. Dis net asof hy meer besadig geraak het en hy het vir seker vir Jakes uitgelos.

Jakes het net een probleem gehad. Hy moes daardie middag repeteer vir die toneelopvoering. Jissie, dis nie lekker om vir Anneli te lieg nie.

Die repetisies verloop goed en gaandeweg ontspan Jakes en al moet hy dit nou teenoor homself erken, hy geniet dit nogal. Op die verhoog kan niemand hom beledig en verkleineer nie.

4

Dan kom die dag van die uitdunne. Dis 'n spanningsvolle aand en Johan hardloop amper van die verhoog af toe hy die saal vol mense sien. Hulle is eerste in die streek-afdeling. Groot partytjie. Die hoof het gereël dat die hele rolverdeling die middag in sy kantoor is vir die geselligheid.

Hy kyk rond. Dan wink hy vir Anneli om nader te kom.

"Waar is Johan dan?"

"Ek weet nie, Meneer, maar as hy nou nog nie hier is nie, sal hy nie kom nie. Hy is maar skaam, Meneer."

"Wel, ek moet jou gelukwens met jou opvoering, en veral met wat jy reggekry het met Johan."

"Dankie, Meneer."

Dan kyk Anneli weer 'n slag rond om te sien of Jakes nie tog maar gaan kom nie. Maar die hoof is nog nie klaar nie.

"Jy weet nie dalk meer van die aanranding storie nie, Anneli?"

"Hoe bedoel Meneer nou?"

"Nee, hy vertrou jou. Ek dag hy sou dalk iets laat glip het."

"Nee, Meneer, ek het hom gevra, maar hy sê Meneer Erlank het 'n fout gemaak. Hy en Tubby was die hele aand in die saal by die kinderhuis."

Jakes sit op sy bed in sy kamer. Die ander drie is nie daar nie, hulle skop balle rond op die sokkerveld. Hy kyk by die venster uit en sien die res van die kinderhuis se kinders oral rondbeweeg en lag en gesels. Hoekom kan hy dit nie regkry nie? Hoekom kan hy nie ook buite met 'n bal speel nie? Hoekom is sy lewe so leeg en gekompliseerd?

Hy staan op en smyt sy skooltas in die hoek van die vertrek neer. Dan dink hy aan Anneli en die ander kinders wat in die toneelstuk is. Hulle hou nou lekker party by die skool, maar hy het nie kans gesien daarvoor nie. Hy wil nie aangestaar word deur almal nie. In die eerste plek staar hulle hom aan oor hy 'n kinderhuiskind is en nou met die aanranding besigheid.

Hy's bang hy laat iets glip, daarom bly hy liewer in sy kamer. Dan is daar 'n klop aan sy kamerdeur. Die deur gaan oop en Tubby kom sorgeloos in.

"Jis ou Jakes, hoesit?"

Jakes antwoord hom nie. Hy gaan sit net op sy bed en staar voor hom uit.

"Wat byt, Tjomma?"

"Niks."

"Worry jy oor ou Woeste Willie?"

"Nee Man, ou Willie se moer."

"Jissie, ons het hom lekker reggesien. Hy sal nie weer met ons sukkel nie, for sure."

Tubby kyk vraend na Jakes.

"O ek sien ... daai chick speel met jou kop."

Voor hy homself kon keer spring hy op en gryp Tubby voor die bors.

"Jy los haar uit, jou blerrie skiewie."

"Okay, Okay, Pel. Jissie jy't die skoot blerrie hoog deur."

"Tubby, nog 'n woord en ek moer jou."

Maar Jakes weet Tubby het niks verkeerd gesê of gedoen nie. Dis net sy eie binneste wat nie kan vrede maak met sy lewe nie. Vir die eerste keer in meer as 'n jaar dink hy aan sy ma. Dalk aan sy pa ook, maar dis sy ma wat vir hom belangrik is. Is sy oraait? Met 'n skok kom die gedagte by hom op. Lewe sy nog? Hy besluit net daar om na haar toe te gaan. Hy moet net eenvoudig vir haar gaan kuier. Dalk sal dit sy binneste 'n bietjie kalmeer. Hy los Tubby se klere. Hy gaan sit weer op sy bed.

"Sorry, Tjom, ek is net 'n bietjie in my moer vandag."

"Nee dis reg. Vertel my."

Tubby klink amper of hy omgee. Regtig omgee. Jakes kyk lank na Tubby.

"Ek is nie so dom om te dink dat sy ooit na my sal kyk nie. Ek meen, regtig na my sal kyk nie. Sy't klas, man, en ek is 'n fieta. 'n Fokken fieta. Met dié slaan hy hard met sy vuis op die tafeltjie langs sy bed. Maar hy wil eintlik nie met Tubby daaroor praat nie. Hy wil met niemand daaroor praat nie. As Tubby net wil ophou joke daaroor. En after all, is hy regtig op daai manier mal oor haar? Dis net dat Anneli vir hom 'n voorbeeld is. Hy wil so graag soos sy wees. Met klas en alles. Hy dink nie aan haar soos 'n seun aan 'n meisie dink nie. Hy wil haar net beskerm.

Tubby kyk op sy horlosie.

"Kom ons gaan drink tee, dis vier-uur."

Hulle stap uit en die ander kinders gee pad as hulle sien in watse bui Jakes is. Jakes steur hom nie daaraan nie. Hy dink aan môre. Hy moet môre vir Anneli face. Hoe gaan hy dit doen? Hy weet goed hy moes vanmiddag by die party gewees het, maar hy was nie lus nie. Hy is nooit lus vir sulke goody-goody goeters nie. En hy moes ook glad nie in die toneelstuk gespeel het nie. Dis nie sy soort ding nie. Maar wat is sy soort ding dan? Wat wil hy doen? Hy speel nie rugby nie. Hy hét eers, maar toe donner hy 'n ou wat hom tackle en toe jaag Meneer hom weg. Krieket is ook robbies.

Jakes en Tubby tap vir hulle bleek, flou tee by die kan op die tafel. Toe hulle omdraai om op die muurtjie in die son te gaan sit, spring 'n paar kinders op en gee vinnig pad. Jakes is weer in 'n vreeslike bui en hulle bly liewer uit sy pad uit. As hy so is, dan is niemand veilig nie.

Die volgende dag kyk Jakes anderpad as hy by Anneli se groepie verbystap. Hy wil haar nie sien nie, want hy weet sy gaan hom uittrap. Maar hy stop verbaas toe hy Anneli se stem hoor. Sy klink nie kwaad nie.

"Jakes, ons moet vanmiddag net vinnig deur 'n paar goed gaan. Dit sal nie lank neem nie. Jy weet mos die toneel met die sekretaresse na die vergadering. Daar was so amper 'n oepsie daarmee eergisteraand."

Hy kyk verbaas na haar. Hy knik net sy kop effens. Gaan sy hom dan nie uitkak nie?

Maar Anneli sê niks verder nie. Sy stap terug na haar groepie toe met Julie se oë streng op haar gerig.

"Jy wil nie luister nie, Anneli. Daai ou is bad news."

"Jissie Julie, jy kan darem aangaan oor 'n ding. Jakes doen niks aan my nie. En ek probeer hom net help."

"Maar jy weet waarvandaan hy kom. Hy sal nooit iets bereik nie, hy's gemors."

"Jy weet, as ek en jy sy agtergrond gehad het, sou ons dalk erger gemors gewees het as hy."

"Maak nog nie 'n verskil nie. Meng jou met die semels..."

"Ja ek weet, maar ek glo daar steek meer in Jakes as waarvoor hy krediet kry. So hou nou op met die storie, asseblief."

"En die aanranding? Glo jy hulle storie?"

"Ek weet nie, maar die polisie kon niks uitrig nie. Die ander kinders sê hulle was in die saal."

"Hulle lieg almal saam, Man. Ou Willie sal mos nou nie oor soiets lieg nie. Dis hulle twee wat hom geslaan het en klaar."

"Wat maak jou so seker daarvan?"

"Kom ons los dit net, Anneli, ek wil nie met jou baklei nie."

Dan breek die aand van die finaal aan. Jakes is gespanne. Hy weet hy het die vorige keer amper 'n gemors gemaak van daardie toneel. Hy en Anneli het wel daaraan gewerk, maar hy voel steeds gespanne. Gelukkig is die ding vanaand klaar. Hy sal nooit weer geboelie word in so 'n ding in nie. Nee, hy's klaar met acting.

Tot almal se verbasing kom hulle tweede nasionaal. Jakes sak omtrent deur die vloer toe die hoof al die spelers die Maandag op die verhoog op roep. Met die verbystap lag van die kinders vir Jakes en hy hoor 'n sagte 'Jakesssss' wat die res van die kinders laat uitbars van die lag. Hy verwens Anneli dat sy hom in die ding ingeboelie het. Hy sal dit verdomp nooit weer toelaat nie. En dan is die hoof ook nog moedswillig. Hy maak spesiale melding van Johan Duvenage se spel wat deur die beoordelaars uitgesonder is. Daar is dolke in Jakes se oë wanneer hy die kinders aanstaar. Hy weet dis sy eie skuld, maar hy is magteloos om iets daaraan te doen. Al wat hy ken is om dinge reg te foeter met sy vuiste, maar hy kom elke keer in die moeilikheid.

Met pouse is Jakes weer op sy pos. So op 'n veilige afstand van Anneli en haar maats af. Hy weet die ander hou nie van hom nie, maar dis niks. Hy is daaraan gewoond dat mense nie van hom hou nie. Hy hou ook nie van homself nie, maar hy is wat hy is.

Dis Sondag en Jakes het toestemming gekry om sy ouers te besoek. Hy stap die hele ent van die Kinderhuis af Fietas toe. Hy maak die hekkie oop en besef dis nog nie reggemaak nie. Dit hang aan een skarnier. Hoeveel jaar hang dit nou al aan een skarnier, maar Frikkie is te sleg om dit reg te maak. Hy klop aan die afgeskilferde voordeur en wag. Dan maak sy ma die deur oop. Sy is verbaas om hom te sien en sy glimlag moedig.

"Johannie. Dis so lekker om jou te sien."

Sy maak die deur van die stoep se kant af toe en sy kom agter dat Jakes dit opmerk.

"Toemaar, dis net jou pa, hy's weer in 'n vreeslike bui.?

"Ma meen hy's weer gesuip?"

"Ai my kind, wat kan ek doen?"

"Los die donner, Ma."

"En waar gaan ek heen?"

"Gaan bly by Antie Josie, sy't laas al so gesê."

"Jou pa is nie sleg nie, Johannie. Dis net ... partykeer vang die ding hom."

"Maar kyk hoe lyk ma. Ek sal hom vrek maak, Ma. As hy weer vir ma slaan sal ek hom vrek maak."

"Nee, my kind, jy moenie weer aan hom slaan nie. Jy't gesien wat laas gebeur het."

"Ek gee nie om vir 'n rekord nie, Ma. Waar's die bliksem?"

Sy keer heftig toe Jakes mik vir die gang.

"Nee, asseblief my kind, hy's kamer toe, hy sal seker nou slaap, dan maak ek vir ons 'n koffietjie."

Jakes ken die storie. Sy pa gaan lê in die middag en vanaand is hy amper nugter en dan drink hy van vooraf ek slaan vir Younis.

Toe Younis die gesnork van die kamer af hoor, wink sy vir Jakes. Sy maak die deur saggies oop en kyk in die gang af. Dan stap sy soontoe en maak die slaapkamerdeur toe. Sy probeer die gasstofie se vlammetjie aansteek, maar die gas is op. Jakes bal sy vuiste. Hoekom moet sy ma so sukkel? Hy dink weer aan die dag toe hy vir Anneli gesê het hy gaan weg. Sy wou niks daarvan weet nie, maar sy besef nie. Sy weet nie dat hy iets sal moet doen om sy ma te help nie. Hy moet iewers werk kry en dalk baie later sy matriek probeer kry.

"Ek sal 'n plan maak Ma, ek belowe. Maar dan moet ma hom los en na Antie Josie toe gaan."

"Ek het nie eers geld vir 'n brood nie, Johannie, wat praat jy?"

Maar hy sal 'n plan moet maak. Wat as hy by die garage in Langlaagte werk kry? Ja, Anneli sal seker tekere gaan, maar hy kan nie toesien dat sy ma so swaarkry nie. In elk geval kan hy dan maar in die middag en oor naweke gaan werk. Hy moet net sy ma uit daai donnerse man se kloue uit kry.

34

Later toe Jakes terugstap Kinderhuis toe, dink hy baie aan sy plan. Hy sal dit met Anneli bespreek en hoor wat sy ... nee, liewer nie. Sy sal hom net vertel hy gaan nie tyd kry vir sy skoolwerk nie.

Die ander kinders is Kerk toe, maar Jakes was nie lus nie.

"Sê vir Meneer ek is siek," sê hy vir Tubby.

"Maar hy gaan weet ek lieg, man Jakes."

"So what? Ons lieg ons pad deur die lewe oop."

Jakes wil alleen wees. Hy wil dink oor sy plan. As hy dalk so tien rand 'n uur kan kry en dalk in die middag twee ure werk dan ... ja, twintig rand kan 'n brood koop. En op Saterdae kan hy vier ure werk, dan kan sy ma gas koop vir die stofie.

"Maar verstaan jy dan nie, Anneli? Ek kan nie anders nie."

Anneli besef hy wil nie in besonderhede ingaan nie. Dis vir hom seer om oor sulke persoonlike dinge te praat. Wat nog te sê met iemand soos sy.

"Ek is so bang jy kry nie tyd vir jou skoolwerk nie, Jakes. Kan 'n mens nie 'n ander plan maak nie. Jy's nou amper klaar met skool man. Byt vas."

"Teen daardie tyd is my ma..."

Maar dan stop hy. Hy wil nie sy persoonlike dinge met iemand anders bespreek nie.

"Praat met my, Jakes."

"Nee, los dit. Jy kan niks daaraan doen nie."

Hy staan op en stap weg. Anneli besluit om hom te los. Hy sal wel later uitkom met wat hom pla.

Dis nou al lank dat Hennie probeer om na-aan Anneli te kom. Maar elke keer as hy die moed bymekaar skraap en na haar toe stap, is Jakes by. Die ou gee hom rillings. Nee, Hennie is nie bang vir Jakes nie, maar dis 'n

35

vreemde situasie. Hy probeer verstaan en hy glo Anneli as sy sê sy probeer net vir Jakes help, maar hoekom is Jakes altyd in die omgewing.

"Probeer verstaan, Hennie, Jakes is ... man ek wil dit nie so stel nie, maar hy pas my op soos 'n hond. Hy beskerm my."

"Het jy daardie soort beskerming nodig?"

"Nee, seker nie, maar dis wat hy doen en ek is die enigste een wat probeer om sy situasie te verstaan."

"En wat is sy situasie?"

"Is jy sowaar jaloers, Hennie?"

"Man nee, ek is nie, maar ... ja okei, ek is jaloers."

"Ek dag so."

"Moenie my mok nie, Anneli. Daai ou is die hele tyd oral waar jy is. Dis siek, Man."

"Luister Hennie, ek het simpatie met Jakes se omstandighede en dis al. Niemand luister na wat hy sê nie en die ander kinders lag hom uit."

"En jy maak jouself belaglik."

"Ekskuus?"

"Ek bedoel net dat ... almal praat oor julle. Hulle sê dit lyk of julle 'n ding aan het."

"Nou maar sê vir hulle ... man, sê vir hulle dis my besigheid."

"Moenie jou vererg nie, Anneli, ek wil maar net..."

"Los dit net daar, Hennie. Ons stuur op 'n argument af."

"Ek dag maar net ek sê jou."

5

Toe, eendag, is Jakes net weg.

Anneli is jammer dat hy nie deurgedruk het en matriek geskryf het nie. Hy was so amper daar. Maar ongelukkig weet sy Jakes moes een of ander tyd uit die kinderhuis uit. Wanneer 'n kind agtien word, kan hy volgens die wet nie meer daar bly nie. Met Jakes het die matrone die wet 'n bietjie gebuig. Sy het gereken hy kan darem eers klaarmaak met skool. Sy weet dat dinge by sy ouerhuis nie goed gaan nie. Maar hy is darem al amper negentien en as hy wil gaan kan sy hom nie keer nie. Anneli voel dat Jakes die storie van die ouderdom 'n bietjie misbruik. Vir hom gaan dit meer oor die feit dat hy 'n etiket gekry het dat hy moeilik en selfs onbeheerbaar is. Hy kon nie vrede maak met die skool nie. Die vooroordeel was vir hom te veel. As daar iets gebeur is die eerste een wat geblameer word Jakes. Nouja, as hy net verdwyn kan sy seker niks verder vir hom doen nie.

Jakes klim van die trein af in Benoni. Hy vat sy enigste tas wat ook al sy beste dae geken het en begin aanstap Northmead toe. Hy hoop maar Oom Lennie sal hom inneem. Hy trek sy skouers op. Wel, hy moes gaan, hy kon nie langer in die kinderhuis bly nie. Wanneer jy agtien word moet jy uit. Die matrone was maar net nice met hom. Vir die eerste keer in 'n hele paar jaar bid Jakes.

"Here, ek is jammer ek het nog nie eintlik gebid nie, maar Here ek is 'n robbies en 'n robbies kan mos nie met U praat nie ... of hoe ... maar vanaand is ek 'n bietjie ... innie moeilikgeit. Jy sien Here, ek moet gaan werk. Dis die enigste manier hoe ek my ma kan help. Sy suffer Here. Laat oom Lennie net asseblief vanaand daar wees, ek het nie sy nommer nie anders het ek hom van die stasie af gebel, maar daai tiekieboks is anyway stukkend. As hy nie ... Here ek meen dit baie goed, ek wil net 'n jumpstart hê. Dankie Here."

Jakes stap stil verder. Sy gedagtes in 'n warboel. Hy soek 'n bietjie rond na sy oom se huis maar uiteindelik sien hy dit. Die bord voor die huis. Lennie Brown, Plumbers. Hy maak die hekkie oop en hoor 'n hond in die huis blaf.

Stilte. Hy klop weer en wag. Weer die geblaf, maar niks verder nie. Dan draai hy moedeloos om en stap by die hekkie uit. Hy kyk terug na die huis toe. Dan kyk hy na die bord met die woorde, 'Lennie Brown, Plumbers'. Dan moet dit mos die regte huis wees. Hy sal iewers 'n plek moet kry om te slaap en dan môre-oggend weer probeer. Hy stap aan tot by 'n winkelsentrum. 'n Veiligheidswag kom aangestap.

"What you want."

Jakes besluit om kalm te bly.

"You see, I came to see my Uncle in that house over there. The plumber."

"His name?"

"Mr. Lennie Brown."

"Oh, you tell the truth. But why you don't go there?"

"They must be out. I will have to wait until tomorrow. I just want to sleep."

Die wag kyk hom ondersoekend aan.

"Okay ... come."

Hy begin aanstap en neem Jakes na sy waghuisie toe.

"You sleep here."

Jakes kyk na die kaal vloer. Dan na die wag.

"Thank you. It's kind of you."

Die wag knik net en draai om. Jakes haal 'n baadjie uit sy tas uit en trek dit aan. Dan gaan lê hy op die kaal vloer en is gou-gou aan die slaap. Hy slaap onrustig. Hy is 'n keer of wat bewus van die wag wat inkom en dan weer uitgaan. Dan is dit uiteindelik oggend. Jakes staan op en loop na die kraan toe wat 'n entjie van die waghuisie af is. Sy lyf is seer gelê op die kaal, harde vloer. Die wag kom aangestap.

"I will go home now. I tell my friend about you. It's okay?"

"Thank you. One day I do something for you. What's you name?"

"Amos."

Jakes steek sy hand uit.

"My name is Jakes."

Hy skud die swart man se hand en dan stap hy terug na die waghuisie toe om sy tas te kry.

Dan kyk hy weer na die wag se kant toe.

"One day I will come back to help you."

Die wag knik sy kop, maar dis duidelik hy dink dis sommer net 'n storie.

Jakes kyk in die rigting van sy oom se huis. Hy sit sy tas voor die hek neer en maak die hekkie oop.

"Haai, wie's jy?"

Jakes skrik effens vir die skielike stem. Dan sien hy dis die buurman.

"Wat soek jy?"

"Ek soek ... my oom bly hier, ek soek hom."

"Jy lieg mos man."

39

"Nee Oom, ek was gisteraand hier en toe was hulle nie hier nie. Dalk is hulle weg op holiday."

Die man lag.

"Lennie Brown vat nie holidays nie, hy's te vrekkerig die ou blikskottel. Nee, hulle is altwee vroeg uit. Sy vrou werk in die dorp en hy maak vroeg oop."

"Weet Oom dalk waar sy besigheid is? Dan kan ek soontoe stap."

"Nee magtag Boetie dis te ver. Nee, jy sal moet wag en vanaand weer kom."

Jakes se moed sak in sy skoene. Hy is vir die hoeveelste keer bewus van die honger wat sy maag laat draai. Hy voel in sy sak. Daar is net 'n vyf rand en nog een rand. Dis wat oor is van die geld wat die matrone hom gegee het toe hy loop. Hy sal seker ... ja, dalk sal 'n winkel bereid wees om 'n halwe brood aan hom te verkoop. Hy kyk op na die buurman.

"Dankie Oom, ek sal weer vanaand kom."

Jakes stap in die kafee in. Dis min meer as net 'n 'tuck shop'.

"Please I want some bread, but I only have this."

Die Griek kyk nors na die geld in Jakes se hand. Dan draai hy sonder 'n word om en Jakes wonder of die man hom gaan help. Die man neem 'n brood van die rak af en sny dit met 'n groot mes in die middel deur. Hy draai om na Jakes toe.

"I don't do this, but it's okay."

Hy hou die brood na Jakes toe uit en neem die geld. Ses rand.

Met sy halwe brood in sy hand stap hy terug na die waghuisie toe, maar dis 'n ander man. Nee hy wil tog nie weer verduidelik nie. Hy stap na 'n park toe met 'n paar koeltebome. Hy gaan sit op 'n betonbankie en breek gulsig 'n stuk van die brood af. Dalk moes hy gister vir die matrone gesê het hy het nêrens om heen te gaan nie. Dalk moes hy nie so hardegat gewees het nie, maar hy was bang sy keer hom. Die brood is droog, maar dit smaak soos koek vir 'n honger mens. Hy soek na 'n kraan en genadiglik is daar een 'n entjie verder. Hy stap terug na die bankie toe en gaan lê uitgestrek op die koue beton. Dan dink hy aan Anneli. Sy moet teen die tyd weet hy is weg. Hy wonder wat sy sal sê. Shit, dis jammer hy moes dit doen, maar hy moet net eenvoudig sy ma probeer help. Buitendien het die hele gemors by die skool net te veel vir hom geword. Almal wat afkyk ... nee, neersien op hom. Dis 'n wonder hy is nie lankal in die tronk nie, hy sal hulle almal vermorsel. Dan raak hy aan die slaap.

"Tubby, wag net gou."
"Ek is laat, Anneli, ou Woeste Willie wil my sien."
"Jy praat nonsens Tubby. Jy weet ek wil jou vra waar Jakes is."
"Wel, ... wat kan ek sê?"
"Jy kan my sê waar hy is."
"Truth is, ek weet nie. Hy't net gesê hy fo... hy waai."
"Waarheen?"
"Hy't iets gesê van sy familie of iets. Hy's met die trein weg."
"Maar waarheen? En waar het hy geld gekry?"
"Die matrone het vir hom 'n bietjie geld gegee."
"Hoeveel?"
Jissie, hoekom is die chick so nuuskierig?
"As ek weet hoeveel geld hy gehad het, kan ek uitwerk hoe ver hy kon gaan."
"Nee ek dink hy't net so vyftig of sestig rand gehad, nie meer nie."
"Is jy seker jy weet nie waarheen hy is nie, Tubby?"

"Njannies Anneli."

Ben Burger is eintlik verlig dat Jakes weg is. Die man was vir hom 'n kopseer. Die soort kind wat hy nie graag in sy skool wil hê nie, maar hy kon hom nie skors nie, want dis 'n kinderhuis kind en waar moet hy dan heen? Hy het probeer om Jakes te help, maar hy kry geen samewerking nie. Die matrone by die kinderhuis sê Jakes het net kom groet en by die hek uitgestap. Af na die spoorlyn se kant toe. Daar kon hy of oos of wes gery het, wie sal weet? Anneli klop liggies aan die hoof se deur.

"Kom in."

"Môre, Meneer."

"A, het jy nuus, Anneli?"

"Nee Meneer, Tubby sê Jakes het vir niemand gesê waarheen hy gaan nie. Maar hy dink hy is met die trein weg."

"Dan was my gevoel reg. Weet hy nie in watter rigting nie?"

"Ek het hom gevra, Meneer, maar hy sê Jakes wou nie sê nie."

"Die probleem is, hy is agtien en dan kan hy na regte nie meer in die kinderhuis bly nie."

"Maar as hy nêrens het om heen te gaan nie, Meneer?"

"Dalk het hy vir hulle gesê hy gaan terug na sy ouers toe."

"Ja, dis seker moontlik."

"Ek sal Meneer Erlank vra om daar te gaan vra. Dankie vir jou moeite, Anneli."

Willie Erlank is nie lus vir die petalje nie. Wat moet hy nou in Fietas gaan maak vir die nikswerd. Hy ry met 'n frons op sy gesig straatop en af. Dan kry hy die regte adres.

42

Ook g'n wonder hy het so gesukkel nie, die straatname is verbleik of afgehaal. Hy klim uit en stap by die stukkende hekkie in. Die deur gaan amper onmiddellik oop nadat hy geklop het.

"Wat wil jy hê?"

Dis duidelik die man is hoog dronk.

"Meneer, is jy Jakes ... ek meen, Johan Duvenage se pa?"

"Wat wil jy maak as jy weet?"

"Ek is van sy skool af, Meneer. Hy het nie skool toe gekom nie en die kinderhuis sê hy is weg."

"So what?"

"Is jy sy pa, Meneer?"

"Ja, natuurlik. Tensy sy ma rondgelê het."

Die man wil hom doodlag vir sy eie grappie. Erlank kyk hom net aan tot hy bedaar.

"So hy is nie hier nie?"

"Lyk dit vir jou of hy hier is?"

"Dankie vir jou hulp, Meneer."

"Ja, okei."

Erlank loop weg en hoor hoe die deur toeklap. Liewe hemel, kan dit so erg wees? Dalk het hy Jakes 'n bietjie kras geoordeel. Dalk is dit geen wonder die kind is so moeilik nie, so afgetrokke en stil. Nou verstaan hy die seun se frustrasie soveel beter. Nou verstaan hy hoekom hulle so met hom gesukkel het. Kyk net die haglike omstandighede waarin hy gelewe het. G'n wonder Jakes wou alles en almal om hom reg slaan nie.

Jakes word met 'n skok wakker. Hy moes ure geslaap het. Hy spring vervaard op. Sy tas is weg...! Nee, daar lê dit agter die bank, maar dis oop en alles is uitgestrooi op die gras. Hy kyk rond, maar sien niemand nie. Dan kom die opsigter aangestap met 'n hark in sy hande.

"Ek het gesien daai ander man hy tel jou suitcase so op en dan hy maak hom oop. Toe hy't my gesien en hy hardloop."

"Het hy iets uitgehaal?"

"Ek dink nie so nie."

"Jissie pel, baie dankie. Hoor hier, ek sal jou graag iets wil gee, maar ek het niks nie, ek is broke."

"Nie te worry nie."

"Wanneer ek geld verdien kom ek terug hiernatoe, promise."

Die ou swart gesig lag maar net.

6

Jakes hoop regtig sy Oom-hulle is nou by die huis. Hy sal nie nog 'n nag oorleef sonder kos nie. Hy maak die hekkie oop en stap voordeur toe. Hy kyk versigtig rond. Dalk is daar 'n kwaai hond en dis die laaste ding wat hy nou nodig het. Hy klop en hoor 'n hond binne blaf.

Dan gaan die voordeur oop met die veiligheidsketting in plek. 'n Deurmekaar kop loer uit.

"Ja?"

"Oom Lennie ... ken oom my nie?"

"Maar jy kan nie... Nee my magtag man, wie's jy?"

"Jakes ... ek meen, Johan Duvenage Oom. Younis se seun."

"Nou hoekom sê jy nie so nie?"

Dan gaan die deur toe en weer oop. Lennie se stem is minder befoeterd, maar hy is steeds nie te vriendelik nie.

"Nou hoekom is jy hier?"

"Oom, ek soek werk ... asseblief Oom."

"Maar was jy dan nie ... ek meen, hulle het jou toegesluit toe jy jou pa gedonner het. Dit was in die koerant. Ek onthou nog goed toe ek dit lees. Het jy hom regtig gedonner?"

"Ja Oom, maar ek kon nie anders nie, regtig Oom."

Dan begin Lennie saggies lag.

45

"Die dronkgat. Hy wil mos my suster verniel. Nou toe, ek sit die water op. Het jy al geëet?"

"Ek is oraait Oom. Is dit oraait as ek vanaand hier slaap?"

Lennie antwoord nie op Jakes se vraag nie. Dit maak Jakes ongemaklik. Wil sy Oom hom nie daar hê nie? Wel hy is Frikkie Duvenage se kind, so dit maak seker sin. Hy hou Lennie ongemerk dop. Hy maak die yskas oop en haal 'n stuk polonie uit. Margarien ook. Hy sit dit op die tafel en haal 'n halwe brood uit. Hy weet mos die seun is honger. Alle jong mans is altyd honger. Hy's net te eergevoelig om dit te sê.

"Eet iets, ek maak koffie."

Jakes kyk rond. Die huis is nie armoedig nie, maar eintlik net doodgewoon middelklas. Vir hom wat aan sy eie ouerhuis in Fietas en aan die kinderhuis gewoond is, is dit smart. Baie smart. Dis duidelik dat Lennie Brown eenvoudig lewe al het hy geld. Miskien nie miljoene nie, maar genoeg om van te lewe. Tog, daar staan 'n smart Mercedes in die oprit.

"Nou sê vir my. Hoekom nou skielik ... en in die aand nogal."

"Ek moes padgee uit die kinderhuis uit, Oom."

"O ja, ek het gehoor hulle het jou soontoe gestuur na die gevolt met jou pa. Die ou blerrie semel."

"Ja Oom, en toe dag ek ... as ek nou by Oom 'n joppie kan kry dan ... ek wil net my ma 'n bietjie help, Oom."

Lennie kyk opsommend na Jakes.

"Mmmm ... nou toe, slaap nou eers vanaand, dan praat ons môre."

"Dankie Oom Lennie, dankie."

"En nou die skool? Hoekom maak jy nie klaar nie?"

"Ek het nêrens om te bly naby die skool nie, Oom. Mense kyk net een keer na my, dan weet hulle ek is 'n fieta. Ek is nou wel 'n fieta Oom, maar dis nie lekker as mense jou uitmaak vir 'n fieta nie Oom."

Lennie sit en kyk terwyl Jakes sy koffie drink en klaar eet.

"Ja, die antie slaap nie vanaand hier nie. Haar ma gaan sien in die hospitaal in Pretoria, maar jy slaap daar in die laaste kamer in die gang. Die bed is opgemaak dink ek."

"Dankie, Oom Lennie."

"Nee dis reg, ons praat môreoggend. Kan jy vroeg opstaan?"

"Maklik Oom."

"Okei, die badkamer sal jy kry."

"Dankie, Oom. Nag Oom."

Jakes vat sy tas en stap in die gang af. Hy sit sy tas neer op die vloer en bekyk die kamer. Daar is 'n enkelbed, 'n stoel by 'n kleinerige tafeltjie en 'n spieëlkas. 'n Klein matjie voor die bed. Hy haal sy tandeborsel en slaapklere uit. Hy kyk verleë na sy skamele klere. Gelukkig het die blerrie dief geskrik en niks gevat nie. Wat hy het is oud en afgeleef, maar dis syne. As hy eers geld verdien sal hy beter klere koop.

Die volgende oggend staan Jakes vyf-uur al in die kombuis wanneer oom Lennie inkom. O ek sien jy het dit bedoel. Jy staan vroeg op. Ek hou daarvan. Die meeste jong mense van vandag lê en slaap hulle roes af tot watter tyd."

Hy glimlag vir Jakes.

"Ons ry net na koffie. Alice maak sommer by die kantoor vir ons iets om te eet, soos ek sê die Antie is nie hier nie."

"Reg so, Oom Lennie. Maar is dit dan ... ek meen, kan ek vir Oom werk?"

"Kom ons kyk wat gebeur. Jy het 'n proeftyd van drie maande. Ek betaal jou vier duisend 'n maand en jy bly sommer hier by ons. Bording is verniet."

"Jissie, dankie Oom Lennie. Ek belowe Oom sal nie spyt wees nie. Ek sal hard werk oom Lennie. Ek wil net my ma help."

"Nee, dis reg. Moenie sê nie, wys."

Lennie tel die ketel op wat Jakes alreeds aangeskakel het. Hy maak hulle koffie en slurp die warm koffie in. Hy's haastig. Jakes sit die koppies in die wasbak. Dan ry hulle. Oom Lennie kyk skuins na Jakes wat by die venster sit en uitkyk. Wat sou in die kind se kop aangaan?

"Nee man Jakes, jy moes skool klaargemaak het, hoor wat ek vir jou sê."

"Nee Oom, ek kon nie langer daar bly nie, dit was ... nee, dit was goor. Ek kon nie regkom nie. En buitendien, ek wil my ma daar weg kry."

"Nou kom ons kyk hoe gaan dit, dan skryf ons jou in vir 'n matriek kursus. Dalk kan jy net die werk doen wat jy nog oor moet eksamen skryf. Jy kan nie deur die lewe gaan sonder geleerdheid nie. Vra my, ek weet. Dit het my jare gevat en as ek nie 'n break gekry het nie, was ek nou nog 'n loser."

"Dis reg Oom."

"Maar hoor hier, jy's nie in die stront nie is jy?"

"Hoe meen Oom nou?"

"Met die wet ... of dalk 'n meisiekind in die ander tyd gesit?"

"Nooit Oom."

Dan gaan hy bitter aan.

"Wie sal in any case na my kyk, ek is 'n fieta van die kinderhuis, dis al."

"Ou seun, dit hoef nie so te bly nie. Ek sal vir jou help. Maar as jy my drop, los ek jou net daar. Ek los vir jou wragtag net daar."

Jakes knik net sy kop. Hy besef hierdie kans is een uit 'n miljoen.

Lennie haal 'n oorpak uit 'n kas uit.

"Ek dink die een sal jou pas. Trek hom aan en kom terug hiernatoe.

Lennie hou Jakes dop soos die dag aangaan en die week daarna en die week daarna. Nee, die seun sal gou leer. Hy's soos sy ma ... of liewer, soos sy ma was voor sy met daardie loser getroud is. Hy sê dit nie vir Jakes nie, maar hy het in elk geval iemand nodig gehad. En die seun lyk goed in die overall. Naam op en alles. Lennie Brown Plumbers. Ja, hy onthou die dae toe Younis nog Younis was. Hulle was arm, maar hulle het goeie tye saam gehad. En toe kom Frikkie Duvenage in haar lewe.

"Kom sit, Seun."

Dit klink ernstig. Jakes raak skoon senuweeagtig.

"Is daar ... ek meen, is daar iets verkeerd, Oom Lennie?"

"Nee, ek wil maar net met jou praat."

Hy staan weer op en haal 'n boek uit die kas agter sy lessenaar. Hy sit dit voor Jakes neer.

"Jy begin vanaand leer."

"Wat leer Oom?"

"Daai is die padreëls. Jy moet jou liksens kry. Ek gee jou 'n week, dan vra ek jou uit. En sorg dat jy dit ken, want dan skryf jy jou leerlingliksens. "

Lennie haal 'n paar banknote uit sy sak uit.

"Ek betaal jou ietsie vooruit, dan gaan gee jy 'n paar rand vir jou ma."

"Jissie Oom Lennie, dankie. En Oom, ek sal probeer. Ek sal my bes doen met hierdie boek, Oom."

"Huh uh. Nie probeer nie. Leer nou een ding van my Seun. Jy kan enigiets doen wat jy wil."

"Oom Lennie klink nou nes Anneli ... eh ... dis sommer 'n meisie wat by my skool is."

"O, is dit hoe die wind waai?"

"Nee, Oom. Sy is lani ... hulle bly in 'n moerse huis en alles. Ek sal nie eers my tyd mors nie."

"Maar ek het dan nou net vir jou gesê jy kan enigiets doen wat jy wil. Jy self moet net die besluit neem."

"Ja Oom, maar dis nie hoe dit is met Anneli nie."

"En jy moet in jouself glo. Verstaan jy wat ek sê? As jy in die oggend opstaan dan gaan staan jy voor die spieël en jy sê hardop vir jouself; Johan Duvenage, jy kan dit doen. Jy kan enigiets doen wat enige ander mens kan doen."

"Jissie, Oom laat dit so maklik klink."

"Nee, maklik is dit nie. Dis blerrie harde werk. En nog 'n ding ... waar kom die Jakes vandaan?"

"Oom, dis sommer wat hulle my by die kinderhuis en by die skool genoem het."

"En jy't dit gelike. Dit klink mos lekker rof en taf."

"Nee Oom."

"Ek sê net vir jou ... jy is van nou af Johan. En jy gaat vir jou gedra soos Johan. Nie soos Jakes nie."

Jakes ry met die trein Johannesburg toe. Hy stap die hele ent pad Fietas toe. Die stoephangers is oudergewoonte daar. Hulle is altyd daar. Wag net om iets te kry om oor te skinder. Jakes maak die stukkende hekkie oop en klop aan die deur. Hy wag 'n rukkie en dan kom die stem van oorkant iemand se heining af.

"Sy's nie daar nie."

Dis Antie Mavis van oorkant die straat.

"Sy't gesê sy gaan kliniek toe."

Jakes weet as dit so is dan gaan dit die hele dag neem. Jy weet mos hoe's die klinieke. Jy sit in daai ry wat elke nou en dan een sitplek opskuif. Jou boude is later lam gesit.

"Dankie Antie Mavis, ek gaan maar 'n rukkie sit en rus."

Eintlik wil hy net nie hê sy moet sien hy sit iets in die posbus nie. Hy sal wag tot die ou skinderbek ingaan om nog 'n pakkie sigrets te gaan haal, dan sal hy dit gou in die posbus sit.

Jakes kyk rond of daar nog nuuskierige oë is wat loer. Dan draai Mavis om en stap in die huis in. Hy spring op en blitsvinnig skuif hy die koevert in die posbus in. Gelukkig het Oom Lennie hom 'n koevert gegee om die geld in te sit. Dan is dit darem nie so oop en bloot nie.

En hy weet sy ma kyk elke dag in die posbus. Hoekom, weet hy nie, want al wat sy daar kry is nog venstertjie-koeverte. Nog rekeninge en probleme. Hy kan maar net hoop sy kry die koevert voor sy pa dit kry. Maar aan die ander kant, Frikkie sal nooit in die posbus kyk nie. Hy dink nie eers aan sulke goed nie. Ook maar goed. Hy draai van die posbus af om en kyk in Mavis se huis se rigting, net om seker te maak. Dan stap hy vinnig die straat af. Hy's nie lus om van die ander spul raak te loop nie. Hy voel in sy sak na die geld wat Oom Lennie hom ekstra gegee het vir die trein. Hy wonder, hy kan darem seker vir hom 'n pie koop wat hy so op pad kan loop en eet. Hy moet ook maar gou by die werk kom, hy wil nie hê Oom Lennie moet dink hy's lui nie.

Na drie maande het Jakes sy permanente aanstelling gekry. Die aand is hy saam met een van die ouens van die werk, na 'n klub toe. Die hele drie maande het hy net gewerk en geleer en geslaap. Maar dis okei. Hy wil iets van sy lewe maak, en hier gee oom Lennie hom die kans wat sy eie pa hom nie gegee het nie.

"Julle twee gaan nie gesuip huis toe kom nie, gehoor?"

"Dis reg so Oom. Ek drink nie eintlik nie, maar ons moet darem die ding vier."

Lennie lag. Daardie soort lag wat jou vertel hy was ook eenkeer jonk.

"Nee dis reg so. Maar as julle getrek is, bel my dan kom haal ek julle liewer."

"Reg Oom."

"En jy stamp nie my blerrie bakkie nie."

Hy staan nog en lag vir Jakes wat omdraai en vinnig in die gang afstap om gereed te maak, toe Sharon uitkom.

"Jy spoil hom glad te veel, Lennie. 'n Mens sou sweer hy's jou eie kind."

Dan raak hy ernstig.

"Dis hoe dit voel, my vrou. Daardie aand toe hy hier aangekom het ... dit was of ek Andy sien. Ek het geskrik toe ek hom sien. Hier staan Andy voor my. Maar nouja, dis dinge van die verlede, ons moet dit vergeet."

"Hoe?"

"Hoe meen jy nou?"

"Hoe vergeet 'n mens dit? As jy net dink hoe hy gelyk het."

"Nee, kom nou Ma ... kom nou. Probeer om dit nie te sien nie. Ek weet dit was vreeslik, maar kom ons..." Dan vee hy oor sy oë.

Sharon sug. Dan draai sy om van die voordeur af.

"Ek skep vir ons. Moet ek vir Jakes kos hou?"

"Johan. Hy's nie Jakes nie. Dis 'n blerrie kommin naam. Ja, hou vir hom kos."

"Ek is bekommerd oor hom, Lennie. Jy weet hoe Pike kan suip."

"Ja maar ek trust vir Johan. Hy wil graag iets van homself maak. Ek onthou nog Andy wou 'n dokter word, maar toe..."

Hy snuif en draai om en stap agter Sharon aan kombuis toe.

Maar Sharon was nie verniet bekommerd nie. Net na agt lui Lennie se selfoon.

"Brown."

Hy luister 'n rukkie na iemand op die foon.

"Goed, ek kom."

Toe hy omdraai en deur toe stap, vra Sharon half ongeduldig.

"Nou wie was dit en waarnatoe moet jy nou gaan."

"Hulle het die twee toegesluit."

"Maar hulle kan mos nie so vroeg al dronk wees nie?"

"Nee, dit was 'n fight."

"Ag liewe Here, weer dieselfde gemors. Kry dit dan nooit einde nie? En dit toe ons die kind probeer help."

"Sharon, laat ek eers hoor wat gebeur het. Ek kom nou."

Sy staan lank daar voor die wasbak. Dis asof sy nie kan beweeg nie.

Daardie aand was dit ook so. Andy en 'n paar vriende het klub toe gegaan. Hand en mond belowe hulle sal nie drink nie. Sy wou hulle so graag glo, maar toe bel die polisie..."

Sharon gooi die afdroogdoek neer en stap slaapkamer toe. Sy onthou hoe haar kind gelyk het. Sy het die bebloede massa amper nie herken nie. Soos 'n slaapwandelaar het sy aan sy pols gevoel. Gebid daar moet net 'n bietjie lewe wees. Maar niks. Net daardie doodse koue. Hy was skaars negentien. En nou Johan.

Die agterdeur gaan oop en sy hoor hulle stemme.
"Maar my magtag man, hoekom moes julle baklei?"
Sy hoor Pike se stem antwoord.
"Oom, daai ou sou Jakes doodgemaak het. Hy't hom met 'n stoel geslaan reg oor sy kop. As Jakes homself nie verdedig het nie, was hy dood."
"Maar nou lê die ou in die hospital."
"Oom Lennie, ek is baie jammer, maar die ou het moeilikheid gesoek. Hy my uitgemaak vir iemand wat niks hier verloor het nie. Hy't gesê ek is 'n no good en 'n blerrie fieta, Oom. Jissie Oom, ek kon nie anders toe hy my met 'n stoel slaan nie."
Lennie vryf oor sy pankop.
"Nou toe, kom in die bed, ons gaan anyway 'n klomp stront hê môre."
Pike staan beteuterd rond.
"Okei, nag Oom Lennie, ek ry maar. En sorry Oom."
Lennie waai net ongeduldig met sy hand en kyk na Jakes. Jakes verstaan daai kyk.
"Nag Oom Lennie. Sê vir Antie Sharon ek sê sorry."

Jakes kom met 'n pet op sy kop uit die kamer uitgestap die volgende oggend. Lennie kyk op.
"En dit nou?"
"Ek is bang ek vergeet hom hier. Daai jop vandag is in die son."

"Jy praat mos nou stront, Johan. Haal af daai ding lat ek sien."

Jakes ken sy oom en hy weet hy kan hom nie flous nie. Hy haal gedwee die pet af en Lennie sien die yslike knop aan sy agterkop.

"Dit kom van soek vir 'n ding. Maar as dit weer gebeur los ek jou net daar. Soos dit is, wil daai poeliesman jou weer sien."

Kort na middagete hou die polisiekar voor die kantoor stil. Almal kyk nuuskierig na Jakes as hy na Lennie se kantoor toe stap. Hulle hou die twee daarbinne dop en sien die polisieman skryf 'n lang verklaring uit. Toe hy opstaan, gaan almal weer aan met hulle werk.

"Jy is gelukkig die barman het gesien wat gebeur, Duvenage."

"Ja Meneer."

"So jy is die ou vir wie ons van nou af moet uitkyk. Die moeilikheidmaker."

"Nee, Meneer ek sê mos dit was hy, daai ou. Ek kon wragtag nie anders nie Meneer, ek moes myself verdedig."

"Toemaar, daar sal nie 'n saak wees nie. Die aanklaer gaan nie die hof se tyd mors nie."

Dan lag die polisieman.

"Ek moet sê jy't hom suiwer gepot. Goeie regter. Ek sal jou laat weet."

"Dankie, Meneer."

Die polisieman ry weg en Jakes draai om na die ander toe. Hy kyk hulle net aan en hulle weet dadelik wat daai kyk beteken.

7

Anneli wonder soms wat van Jakes geword het. Dalk moet sy uitvind waar sy ouers bly. Hulle sal tog seker weet waar hy is.

Sy gaan die middag kinderhuis toe. Sy parkeer haar bromponie onder die koelteboom en stap die trappe op. Die ontvangsdame is nie oorvriendelik nie.

"Kan ek help?"

"Middag Dame, ek wil net graag weet of u dalk 'n adres het vir Jakes ... ek bedoel, Johan Duvenage."

Die vrou kyk Anneli op en af.

"Jy lyk nie na die soort met wie daai skarminkel sal meng nie."

"Hy's nie ... ek bedoel, ek is ... was saam met hom op skool. Noudat hy weg is wil ek net graag sorg dat hy sy goed terugkry wat nog by die skool in sy locker agtergebly het."

Weer kyk die vrou haar lank aan. Anneli weet die vrou weet sy lieg vir haar.

"Nee, hy is net vort. Good riddance in elk geval."

"Hoekom sê u so?"

"Hy was die hele tyd in die moeilikheid. Elke dag. As dit nie goed is wat hy van die ander kinders steel nie, dan eet hy hulle goed op. Nee, Kindjie, as ek jy is vergeet ek so gou moontlik van hom."

Dan draai die vrou weg en dis duidelik sy reken die gesprek is afgehandel.

"Jammer dame, het julle dalk sy ouers se adres vir my?"

Die vrou kyk verveeld op. Dan haal sy 'n lêer uit en maak dit oop. Sy blaai daardeur en neem dan 'n velletjie papier en skryf iets daarop.

"Daar. Maar jy's in vir 'n surprise."

Die vermetele vroumens. Jakes sou nooit iemand se goed steel nie.

Anneli ry deur Brixton en draai Fietas se kant toe. Gousblomstraat 13. Dit behoort nie te moeilik te wees nie. Na 'n paar draaie en om 'n paar blokke kry sy die straat in Jan Bom.

Sy ril as sy besef watter huis dit is. Dis nie maklik nie, maar sy weet sy moet dit doen. Die hekkie val omtrent af toe sy dit oopmaak. Die tuinpaadjie is oorgroei van die onkruid wat lustig blom asof hulle daar hoort. Die voordeur is afgeskilfer en sy klop versigtig. Die vrou wat oopmaak is verwaarloos en nie te skoon nie. Die stof lê dik in die gang waar die middagsonnetjie 'n dowwe streep oor die kaal planke gooi. Anneli hou haar braaf.

"Middag Dame."

Die vrou frons.

"Luister kindjie as jy vir die skool kom bedel is jy by die verkeerde adres. Ek het niks."

"Nee, nee. Ek wil niks be... insamel nie, Mevrou. Ek wil net weet, is u Mevrou Duvenage?"

"Hoekom?"

"Ek is ... of was, saam met Johan op skool. Ek wou net weet of u my kan sê waar hy is."

"Maar hy's mos in die weeshuis."

"Nee, Mevrou, hy is weg."

"So hy's nie meer by die skool nie?"

"Nee."

"Well I never."

"Het hy nie hiernatoe gekom nie?"

"Nee, hy en sy pa sal mekaar dood donner. Nee, sorry, ek kan jou nie help nie. Koebaai."

Sy maak die deur sonder seremonie in Anneli se gesig toe. Anneli staan en kyk verstom na die toe deur. Dan draai sy om. Liewe hemel, sy't nie geweet dis so erg nie. G'n wonder Jakes is soos hy is nie. Maar waar sou hy wees?

Younis Duvenage is nie 'n onbeskofte mens nie, maar sy is so geskok dat sy nie nugter dink nie. Nou wat sou van Johan geword het? Hy kan mos nie sommer netso verdwyn nie. Maar aan die ander kant, Frikkie en Johan sal mekaar vir seker doodslaan as Johan hiernatoe gekom het. Nou waar ... maar dan onthou sy. Hy en Lennie se seun Andy, was so erg oor mekaar. Maar toe Andy verongeluk het, het die spul uitmekaar gedryf. Seker ook maar oor Frikkie so suip. Maar dalk sou hy tog na sy Oom toe gegaan het. Gelukkig is Frikkie nie by die huis nie. Sy stap gou oor na Mavis toe, dalk kan sy daarvandaan vir Lennie bel.

Maar Mavis is ook maar vol stront, moet glo spaar. Mavis frons.

"Maar hy was hier nou die dag, Younis. Hy't vir jou gewag."

"Wat? Maar dan was dit hy wat..."

Maar sy kom nie verder nie. As Mavis weet sy het geld gekry dan weet Frikkie dit ook en dan koop hy brandy. Kan jy glo, dan was dit Jakes wat die koevert met die geld in daar gelos het.

"Asseblief Mavis, my kind is weg, ek wil net my broer bel om te hoor of hy nie..."

"Ja, Younis, bel tog maar. Maar jy praat nie lank nie."

"Nee, Mavis."

Sy tel die gehoorstuk senuweeagtig op en skakel Lennie nommer. Sy kan maar net hoop dis die regte nommer. Maar dan antwoord hy.

"Brown."

"Lennie ... dis Younis ... jou suster Younis wat hier praat."

Daar is 'n lang stilte. Hoe weet sy Johan is hier by hom?

"O. Kan ek help?"

"Lennie asseblief, ek wil net weet, is Johan nie by jou nie?"

Lang pouse.

"Nee. Hoekom sal hy nou eintlik by my wees?"

"Ek hoor hy's weg uit die weeshuis uit en toe dag ek maar net."

"Nou, wanneer is hy weg?"

"Dit weet ek nie. 'n Skoolkind het hom hier kom soek. Ek wou hom nog gaan sien ... by die kinderhuis, maar jy weet hoe's Frikkie."

"Hy's maande weg en jy kom dit nou eers agter ?"

"Maar hy't nooit meer huis toe gekom nie. Hoe moes ek weet hy..."

"Nouja, hy's nie by my nie. As julle nie sulke washouts was nie sou dit nooit gebeur het nie. Maar jy was mos slim."

"Ag Boeta, dis lank terug se dinge."

"Soos ek sê, ek kan nie help nie."

Sharon staan en luister die gesprek openlik af.

"Liewe genade Lennie, dis so lank terug en jy het nog altyd soveel haat in jou."

"Dis sy wat gesê het sy wil haar familie nooit weer sien nie. Moenie nou vir my die vark in die storie maak nie. Dis sy wat gesê het, 'cut the ties' toe ons wou keer dat sy met daardie slapgat, idioot trou."

"Nogtans, Lennie, sy's jou suster en sy kry swaar. Jy hoor mos wat Johan vertel."

"Dis vir haar om dinge reg te maak, nie vir my nie."

"Maar jy jak haar af. Jy hou haar weg."

"Sharon, daar is nie salf aan Younis te smeer nie. Ek wed jou as ons aanbied om haar te help om van Duvenage ontslae te raak, gaan sy sê nee, want wat gaan van hom word."

"Maar hoekom het jy gesê Johan is nie hier nie?"

"Want ek wil hulle nie op ons nekke hê nie..."

"Maar jy het hom dan laasweek soontoe gestuur."

"Ook maar gedink hy moet haar darem sien. Hy sal haar mos mis. Maar hy sê sy was nie daar nie. Ook maar goed so."

Dan kyk hy lank na Sharon voor hy verder gaan.

"Die seun het in die paar maande vir my soos my eie kind geword. Ek wil hom nie weer blootstel aan daardie situasie nie."

"Ek weet nou Lennie Brown, jy's jaloers."

"Wat?"

"Jy wil Johan vir jouself hê."

Lennie staan vies op en mik vir die agterdeur. Maar dan gaan staan hy met 'n frons.

"Nou gaan dit so verkeerd wees om die seun 'n beter lewe te wil gee?"

"Seker nie, maar dan moet hy self daaroor besluit."

"Ek ry nou."

Maar Sharon weet sy het haar punt gemaak. Sy kry haar man jammer oor Andy. Hy het nog nooit regtig Andy se dood verwerk nie. Sy ook nie. Maar sy voel net hy kan nie vir Johan besluite neem nie. Die storie van die voëltjie wat jy moet laat gaan, kom by haar op. Maar sy ken haar man. Hy sal daaroor dink en die regte besluit neem.

"Oom Lennie wou my sien."

"Ja, sit Johan."

Hy kyk na die sterk jong man wat voor hom sit. Oop gesig en beslis nie die verwarde verloorkind wat 'n paar maande gelede by hom aangeklop het vir hulp nie. Ja, Sharon was reg, hy moet Johan vertel sy ma soek hom."

"Kyk Seun, jou ma het my gebel."

Jakes spring pen-regop.

"Is daar fout, oom Lennie, wat sê sy?"

"Nee, wees rustig. Sy wou maar net weet of jy hier by my is. Ek eh ... ek het vir haar gesê jy's nie hier nie."

"Maar oom Lennie..."

"Ja, ek weet, maar ek was bang hulle wil weer jou lewe staat en bedonner."

Hy kyk na Jakes wat steeds met 'n frons op sy gesig staan.

"Nou kyk, vat die bakkie en ry na haar toe."

Lennie staan op en maak sy kluis oop. Hy haal 'n pakkie note uit en hou dit na Jakes toe uit.

"Dis nie veel nie, maar dit kan dalk help. Moenie vir haar sê dit kom van my af nie. Sê vir haar jy het daarvoor gewerk. Dit sal nie 'n leun wees nie."

Jakes neem die geld dankbaar by Lennie. Ek sal dit terugbetaal, oom Lennie, ek sweer. Dankie Oom."

Lennie klop die seun op die skouer en draai om. Gelukkig het Jakes nie dringende werk nie, en dit wat daar is kan hy môre doen. Hy neem die bakkie se sleutels en stap uit. Die hele pad Fietas toe dink hy aan sy ma. Wat sou verkeerd wees? Hoekom het sy na hom gesoek? Maar eintlik weet hy, hy moes haar gesê het hy gaan weg.

Hy moes by die huis aangegaan het daardie dag. Feit is, hy wou nie sy pa sien nie. Hy wil hom nooit weer sien nie.

Jakes kry 'n nare gevoel op sy maag toe hy om die laaste hoek ry na sy ma-hulle se huis toe. Dis Fietas! Dis die vieslikste plek waaraan hy kan dink. Dis ... alles wat hier met hom gebeur het maal deur sy kop. Hy wil dit nie onthou nie, maar hoe vergeet 'n mens die honger, die skaamte, die geslanery, die agterlikheid? Hy dink weer aan daardie dag toe hy weg is. Hy wou net wegkom van sy omstandighede af. Iewers 'n nuwe begin maak. En Oom Lennie is daardie begin. As sy eie pa maar soos Oom Lennie was.

Hy sien die gordyne roer toe hy voor die huis stop. Hy sien dadelik die stukkende hekkie. Maar hy weet hy moenie net sy pa verantwoordelik hou nie. Hy self is ook nie lam nie. Hy's nou mooi groot en hy kon ook al lankal die ding reggemaak het. In die verbygaan som hy die skade aan die hekkie op. 'n Skarnier, 'n paar skroewe.

Dan gaan die voordeur oop sonder dat hy geklop het. Die ou afgesloofde verwese vrou wat voor hom staan beweeg hom amper tot trane. Was dit al die jare so erg? Hoekom het hy nie besef hoe erg dit werklik was nie. Dan onthou hy die aande wat hy sonder kos gaan slaap het as daar net niks in die huis was om te eet nie. Hy onthou hoe hy keer op keer sy pa se drankbottel teen die muur stukkend geslaan het en dan self stukkend geslaan is deur 'n half-dronk desperate man.

8

Die tandlose glimlag ruk hom terug tot die werklikheid.

"Ma!"

"My kind."

Die trane loop oor die vernielde wange en Jakes voel hoe dit op sy hemp drup. Dan hou hy haar op 'n afstand. Die nat oë kyk vol liefde na hom.

"Hoe gaan dit, Ma?"

"Goed."

Hoe kan dit goed gaan? Hoe kan sy sê dit gaan goed. Hier sit sy nog steeds in die gemors plek met dieselfde gemors lewe.

"Kom in, Boetie, toemaar, jou pa is nie hier nie. Hy't 'n joppie gekry vir die week," sê sy asof sy Jakes se gedagtes gelees het.

Younis staan eenkant toe en trek Jakes aan sy hand in.

"Die welfare het kos gestuur gister, ek maak vir jou 'n lekker broodjie."

"Dankie Ma, dit sal lekker wees."

Hy dink aan die tafel vol kos by oom Lennie en antie Sharon. Hy voel skuldig dat hy nie lankal sy ma kom sien het nie. Maar hy't gedink ... wel, as hy eers iets is, iemand is. As sy ma kon sien dat dit goed gaan, dan sal hy kom.

Younis is soos 'n kind wat 'n present gekry het. Sy haal die brood uit, selfs margarien. Dan onthou sy die polonie. Sy sit twee snye polonie op die brood. Sy maak vir hom koffie met baie suiker in. Die welfare het aan alles gedink. Younis gaan sit ook by die lendelam tafel en leun op haar elmboë.

"My kind, jy lyk goed. Ma wou eers met jou raas oor jy sommer netso weg is, maar ek sal nie, kyk net hoe mooi lyk jy. Is jy by Lennie en Sharon?"

"Ja, Ma."

"Maar hoekom het die ou semel vir my gelieg?"

"Seker maar oor al die jare se ... wel, oor julle nie met mekaar gepraat het nie."

Younis laat haar oë sak. Sy kyk na 'n broodkrummel op die tafel.

"Ja my kind, dalk was hulle reg, maar wat gebeur het, het gebeur. Dis nou te laat."

Jakes het nie geweet hoe om dit aan te roer nie, maar noudat sy ma self daaroor praat voel hy of hy maar kan sê wat hy wil sê.

"Ma, kom saam met my."

"Wat?"

"Los hom, Ma. Hy gaan nooit regkom nie. Ek kry vir my en Ma 'n flat, dan is Ma ontslae van die gemors. Toe Ma."

"En hoe gaan ons lewe, Boetie?"

"Ek werk, Ma. Ek sal nog harder werk en goed vir Ma sorg. Oom Lennie is goed vir my."

Dan onthou hy die geld wat Lennie gegee het. Hy haal dit uit sy sak uit en sien vir die eerste keer hoeveel dit is. Agt honderd rand.

"Hierso, Ma. Moet net nie dat hy dit sien nie. Steek dit weg en koop vir ma iets mooi. Enigiets."

Younis staar na die geld wat Jakes voor haar neersit. Dan loop die trane weer.

"Hy't altyd vir my gesê hy sal jou vrek slaan, want ons maak jou groot vir die verderf. Hy't gesê hy sal jou reg donner."

"Ek weet, Ma, maar daardie tyd is nou verby."

"Maar al die geld? Dis meer as wat hy vir die week gaan verdien. Betaal Lennie dan so baie?"

"Hy betaal goed, Ma."

"En jy praat anders, Johannie. Jy weet, nie soos ons hier nie."

"Ma meen in fietas."

Hy wag nie vir 'n antwoord nie.

"Dis Anneli wat my laat dink het. Sy't gesê ek kan enigiets doen wat ander mense kan doen. Sy't gesê ek moet in myself glo."

"Wie's Anneli?"

"Sy was saam met my in die skool."

"Laat my dink, daar't 'n meisie na jou kom soek."

"Wanneer?"

"So 'n week of wat terug."

"Hoe lyk sy?"

"Langerige skraal kind. Swarterige hare."

"Dis sy. Wat het sy gesê?"

"Sy wou weet of jy hier is en of ek weet waar jy is. Dis hoekom ek gedink het straks is jy by Lennie hulle."

Dan het Anneli na hom kom soek. Magtag hy skaam hom dood dat sy hier moes kom. Dat sy gesien het hoe hy en sy ma-hulle gelewe het. Dalk moet hy na haar toe gaan. Maar hy weet nie eers waar sy bly nie. Jissie, as hy net haar foonnommer gehad het. As hy net geweet het waar sy bly, dan ... maar dit sou nie 'n goeie idee wees nie. Wat sal hy vir haar sê? Nee, hy is steeds 'n fieta en sy is lanie.

Hy kan nie dink dat sy ooit ... maar hoekom het sy dan na hom kom soek? Nee Jakes, nee! Maar hy sal net graag wil hê sy moet sien dit gaan goed met hom. Dat hy geluister het wat sy sê.

Younis sien nie kans om saam met Jakes te gaan nie. Nee, daar moet nog eers 'n klomp water in die see loop. En sy gaan nie op sy nek lê nie. Frikkie sal dit ook nie sonder haar maak nie. Sy moet maar liewer vergeet daarvan.

Jakes is tegelykertyd bly en teleurgesteld toe hy terug ry. Hy wil so graag hê sy ma moet daar wegkom, maar dalk is sy reg, dalk is dit te gou. Laat hy eers klaar eksamen skryf en 'n bietjie geld bymekaar maak. Hy wil nog studeer ook, maar dit sal hy eers met Oom Lennie bespreek. Vir eers was sy matriek goed genoeg. Nou kan hy al sy loodgieterseksamens skryf en regtig iets vir Oom Lennie en die besigheid beteken.

"Oom Lennie, Petrus sê hy wil teruggaan na sy mense toe."

"Wat?"

"Hy het dit eers met my bespreek, want hy was bang oom dink hy wil dros of iets."

"Die bliksem."

"Toemaar oom Lennie, ek het 'n plan."

"Soos wat? Hy moenie dink ek gaan hom 'n spul geld uitbetaal sodat hy vir kwaadgeld by die stroois kan gaan sit nie."

"Nee, Oom. Hy sê sy pa is baie siek, hy moet hom gaan versorg."

"Nouja, nou sit ons met ons vingers waar ons dit nie wil hê nie. Wat de hel gaan ons nou maak, hy's jou helper."

"Ek sal 'n ander een kry, Oom."

"Wat jy waar gaan kry? Daai spul daar buite is so sleg, hulle wil net suip en kleintjies maak."

Maar Jakes het klaar gedink wat hy gaan doen.

"Ek sal die man hiernatoe bring, dan kan Oom hom self uitvra."

Jakes ry na die winkelsentrum toe. Hy parkeer naby die plek waar hy destyds die sekuriteitswag gesien het. Dan sien hy die man 'n entjie weg staan. Hy stap na hom toe.

"Good afternoon, Amos."

"Yes, can I help you? You have a problem, maybe your car..."

"Nee man, ek het nie 'n probleem nie."

Hy sien die man lyk 'n bietjie verlore.

"Don't you remember, quite a while ago you let me sleep in your watch room. I had nowhere to go that night. And you gave me something to eat."

"Oohh, it's you."

"Yes. You remember I said I will come back one day when I have money."

"Ja, Lot of people he talk a lot, but they not come back. You, you come back."

"Luister Amos, is jy gelukkig met jou werk. Are you happy here?"

"I work, they pay. The pay is not good, but I can live."

"But are you happy?"

"Why you ask?"

"Come and work for me."

Jakes verduidelik aan Amos watse werk dit is en Amos is ligtelik opgewonde. Die middag toe Amos se skof eindig, neem Jakes hom om Oom Lennie te sien. Lennie is 'n versigtige man en hy kyk Amos eers goed deur.

"Watse werk ken jy? Is dit net security werk?"

67

"I work there for long time. I was very young. But I can work hard."

"Do you know what plumbing is? I mean, what does a plumber do?"

"Oh, they fix the tap to give you water."

"Maar dis nie al nie. Hulle krap in ander mense se what-se-ma-call-it rond ook."

"No, Amos not understand."

Jakes kyk na Amos. Hy weet dis die regte aanstelling en hy probeer verduidelik.

"Wanneer is jy af?"

"Only Saturday it is my free day."

"Oom Lennie, kan ek nie vir Amos Saterdag saamneem nie, dan wys ek hom watse werk dit is."

Nie 'n slegte idee nie. Die seun het 'n punt beet.

Daardie Saterdag ry Amos saam met Jakes en Petrus. Hulle het die dag vier stops en Amos is heel tevrede met alles. Die volgende maand begin hy saam met Jakes werk. Dit vat seker 'n maand of twee voordat hy die werk ken, maar daarna loop dinge glad. Toe eendag bel die munisipaliteit. Hulle loodgieters het te veel werk en hulle kontrakteer Lennie se maatskappy om na die watervoorsiening by 'n paar van hulle parke te gaan kyk. Toe Jakes by die eerste park stop, wat na-aan die kantore is, herken hy die opsigter.

"Môre. Waar's die probleem?"

"Dis hy daai kraan."

Hy wys in 'n rigting en Jakes herken die bankie en die kraan. Hy is skaam dat hy in soveel maande nie teruggekom het om die opsigter iets te gee nie. Die man het daardie eerste dag toegelaat dat hy daar op die bankie slaap en boonop sy tas opgepas wat amper deur 'n rower weggedra is. Hulle maak in 'n japtrap die kraan reg en Jakes stap na die man toe. Hy haal 'n noot uit sy sak uit en gee dit vir die man.

"Maar nou die geld?"

"Eendag was jy goed vir my. Nou sê ek dankie."

Daar is 'n groot frons op die man se voorkop. Hoekom sal die witman nou vir hom geld gee?

Eendag toe slaap ek hier op die bank. Iemand wou my suitcase steel en jy het hom gekeer en weggejaag. Ek het gesê ek sal terugkom, want daai dag het ek nie geld gehad nie."

"Jo, jo. Ek nie geglo jy sal kom."

"Ek weet."

"Dankie my basie, dankie."

"Nee, my naam is Jakes."

Hy skud die swart hand en juig in sy hart toe hy in die bakkie klim. Hoekom dink hy dan nou skielik aan Anneli?

9

Die laaste dag van skool breek aan. Anneli is baie opgewonde. En tog ook 'n bietjie treurig. Sy kyk na die kinders om haar, wat almal uitbundig rondhardloop en lag en skree. Hoeveel van hulle sal sy ooit weer sien? En haar maats, wat sal van hulle almal word? Die een wil dit gaan doen en die ander wil dat word.

"Is jy nou ernstig om medies te swot, Anneli?

Dis Julie wat so vra.

Sonder om daaroor hoef te dink kan Anneli antwoord.

"Beslis. Ek het klaar ingeskryf en is aanvaar."

"Stunning! Waar?"

"Tukkies."

"Hoekom daar?"

"Hoekom nie? Dis na-aan Johannesburg, dis 'n goeie Universiteit en hulle het my vinnig aanvaar."

"Ja maar met punte soos joune sal enige Universiteit jou aanvaar."

"Ek het maar net hard gewerk."

"Hoekom gaan studeer jy nie liewer oorsee nie?"

"Nagraads miskien, ons sal maar sien."

"Weet jy Anneli, ek kan jou nie verstaan nie. Hier sit jy met alles. Jou ouers is ryk, jy's intelligent, en die wêreld lê oop voor jou en jy wil 'n gewone graad by 'n gewone Universiteit gaan doen. As ek jy was, gaan ek eers vir 'n jaar oorsee, 'n behoorlike gap-jaar. En as jy terugkom gaan studeer jy."

"Ek het daaraan gedink, maar ek is bang ek raak lui. En hoor hier, my ouers is glad nie so ryk nie. My pa werk vrek hard om ons te gee wat ons het."

"Ek verstaan, maar feit bly staan..."

"Feit bly staan ek gaan Tukkies toe. En jy?"

Julie was bang vir daardie vraag. Sy is effens skaam dat sy nie Universiteit toe sal kan gaan nie. Sy slaan haar oë neer.

"Ek sal moet gaan werk. Daar's nie geld nie. Ten minste, daar gaan nie geld wees nie."

"Maar ... wat het gebeur?"

"My pa ... hy's ge-retrench."

"En jy sê my nou eers?"

"My ma het dit vir ons kinders probeer wegsteek. Gedink dinge sal regkom, maar dit het nie. Maar nouja, such is life. Ek het reeds vir 'n paar onderhoude gegaan."

"Jissie Julie, ek is jammer om dit te hoor. Is daar nie iets wat 'n mens ... wat ons kan doen nie?"

"Miskien kan ons toy-toy met plakkate en goed."

Anneli is geskok. Wat kan sy doen om haar vriendin te help?

"En wat van my as jy daar by Tukkies is?"

Dis Hennie wat geskok is oor Anneli se besluit. Hoe kan sy in Pretoria gaan studeer en hom alleen in Johannesburg los?

"Maar Hennie, Pretoria is skaars sestig kilometer weg."

Dis waar, dis eintlik nie ver nie, maar tog maak Anneli se maag 'n draai as sy dink dat die hele groep letterlik uitmekaar gaan spat. Wilma gaan Stellenbosch toe, Frank gaan London toe en Louise gaan Pukke toe. Al die ander gaan werk. Sy onthou haar ma se woorde toe sy dit onlangs met haar bespreek het.

"My kind, dis hoe die lewe is. As kind gaan alles goed, want Pa en Ma sorg, en ek bedoel dit nie lelik nie, dis maar net 'n feit. Jy gaan skool toe, sien al jou vriende, doen huiswerk en bel 'n vriendin, gaan saam fliek of partytjie hou, dis alles gemaklik. Maar na skool spat julle uitmekaar en jy moet nuwe vriende maak. Dis net 'n wrede feit van die lewe. Skielik is jy verantwoordelik vir dinge waarvoor jou ouers altyd ingestaan het. Die kinders wat gaan werk moet in die meeste gevalle 'n blyplek betaal, klere koop, kos koop en 'n kar."

Haar ma was reg, maar dis nie al wat sy gesê het nie. Haar ma het haar ook herinner daaraan dat nuwe vriendskappe, nuwe omstandighede, opwindend is. Dit hang net af wat jou ingesteldheid is. Anneli besef hoe gelukkig sy is. Haar ouers is steeds bymekaar, haar broer studeer af volgende jaar, sy gaan Universiteit toe, dis opwindend. Dan dink sy vir die eerste keer in 'n lang tyd aan Jakes. Hy het nie eers matriek nie, sy ouerhuis is wankelend om die minste daarvan te sê. Wat is sy vooruitsigte? Gaan hy ook maar in dieselfde groef beland?

Sy wens sy kan hom net weer sien. Net om haarself gerus te stel dat hy okei is. Julie en die ander het haar gedurig gewaarsku dat Jakes gemors is.

"Daai leepoog ding staar jou die hele tyd aan. As hy jou alleen kry..."

Maar Anneli is oortuig dis nie hoe Jakes oor haar gevoel het nie. Hy was te bewus van sy omstandighede, sy agterstand. En toe loop hy weg. Sommer net oornag weg. Hoe kan hy die lewe aandurf met minder as matriek?

***

Jakes gooi sy werkstuk in die gleuf. Hy kyk na die opskrif op die posbus. Universiteit van Suid-Afrika. Hy glimlag. Hierdie werkstuk is maar net die begin. En hy het dit self gedoen. Self gaan inskryf en daarvoor betaal. Self sy studiemateriaal gekoop en begin studeer. Daar is wel nog 'n lang pad voor hom, maar 'n wedren begin met die eerste tree. Dis wat Anneli destyds gesê het, en sy was reg. Sy wedren het so pas begin. Eers het hy sy 'papiere' gekry soos oom Lennie gesê het. Nou doen hy matriek en daarna ... ja, as hy eers as't ware in oefening is met die leerdery, sal dit ook makliker gaan. Pike en die ander het hom gewaarsku.

"Jy gaan nie tyd kry vir jol nie Pel. Jy gaan net sit en werk, what kind of a life is that?"

Hy dink terug aan daardie toneelstuk. Hy was vies dat Anneli hom in die ding ingeboender het en daardie Maandagoggend toe ou Big Ben hom saam met die ander op die verhoog geroep het en nogal van hom 'n uitsondering gemaak het. Noudat hy daaraan terugdink besef Jakes vir die eerste keer dat dit nie was om hom te verkleineer nie. Nee, hy het selfs 'n sertifikaat van die ATKV gekry as Beste akteur in die kompetisie. Hy was so skaam daardie oggend. Almal het vir hom gelag. Ou Tubby ook. 'Jakessss' het die hele saal gesis. Vieslike spul. Maar vandag besef Jakes dat al daardie dinge hom desperaat gemaak het. Daardie dinge en Anneli se woorde. Haar vertroue in hom. Dit het hom aangemoedig om uit te styg bo sy omstandighede en selfs...ja selfs sy pa se gesuip het hom gemotiveer om eendag iets in die lewe te word. En nou begin hy stadig maar seker die vrugte daarvan pluk.

73

Jakes dink met skaamte terug aan sy skooldae. Hy was 'n regte robbies. Hy het elke liewe dag probleme gehad. As dit nie met ander kinders was nie, dan was dit met die hoof.

Hy glimlag as hy dink hoe hy en Tubby daardie standerd sessie in die badkamer dronk gemaak het. En daai aand toe hulle ou Woeste Willie in die klub reggesien het. Jissie, hy was amper geskors daardie dag. Ja, dalk was al daardie dinge nodig om hom wakker te maak. Anneli het altyd gesê, 'Jakes, jy besluit self wat jy in die lewe gaan word. Niemand kan namens jou besluit nie en as jy misluk, gaan kyk in die spieël."

Hy't gedink dis baie gevoelloos van haar. Wat het sy geweet van sy omstandighede? Dan dink hy weer daaraan dat Anneli na sy huis toe gegaan het om uit te vind waar hy is. En sy moes sien hoe dit daar lyk. Sy arme ma wat tot op die grond afgebreek en verniel is. Hy wonder of sy pa die dag by die huis was. Sies, kyk hoe lyk die plek. Dan sê hy saggies by homself; 'toemaar ma, ek sal jou daar kom uithaal. Ek sal vir Ma wys hoe die regte lewe lyk.'

Ja, iemand wat hy nooit sal vergeet nie is Oom Lennie en Antie Sharon. Hulle laat hom soos 'n eie kind in hulle huis voel. Oom Lennie gee gereeld vir hom 'n ekstratjie. Hy weet Oom Lennie sê niks, maar hy glo Oom Lennie bedoel hy moet daarmee sy ma help. En hy sal. Net hierdie naweek sal hy weer deurry en vir haar ietsie gaan gee. Die res sal hy vir haar spaar, want as hy alles gee wat hy wil gee, gaan sy pa dit tog net in die hande kry en uitsuip.

"Gaan ons bietjie jol vanaand, Pel?"

Pike kyk hom skeef aan. Asof hy verwag Jakes gaan nee sê.

"Nee, ek moet swot."

"Swot, swot, swot. Wanneer gaan jy eendag klaar swot? Jy moet net onthou, Jakesie, die lewe gaan nie vir jou wag nie. Hy gaan blerrie vinnig verby."

"Dis hoekom ek moet swot, Pike."

"En die girls, moet hulle ook maar deur die ander ouens geservice word?"

"Service jy hulle maar."

Pike glimlag stout.

"Ek sien hoe kyk daai blondie vir jou. Daai enetjie wat by die dokter werk."

"Nou hoe kyk sy vir my?"

"Sy soek jou lyf Boetie. Sy soek hom."

"Ou Pike, dalk sal jy nie verstaan nie, maar ek het in my lewe al te veel kak drooggemaak. Dis tyd om die stukkies bymekaar te sit. Oom Lennie het vir my 'n kans gegee en ek gaan dit nie opneuk nie. Daai aand toe die ou my oor die kop gedonner het met die stoel ... dit was die einde. Daai aand het ek in Oom Lennie se oë gesien hoe teleurgesteld hy is. Ek het hom lelik gedrop."

"Nouja, dan gaan ek maar saam met Gerald en Gertjie vanaand."

"Enjoy."

Ja, hy onthou toe hy en Pike die dag by die dokter se spreekkamer was. Sjoe sy's mooi. Maar sy's ook in 'n ander klas. Eendag, eendag sal hy ook in 'n ander klas wees. Hy sal hard daaraan werk. Hy probeer sy taal verbeter, hy probeer om ordentlik op te tree, sy humeur te beheer en nie elke aand te wil kuier soos Pike en die ander ouens nie.

Hy was ook so. Hy wou net jol en die lewe geniet. Dronkword en met 'n babelaas wakker word, maar daardie dae is verby. Die aand met die stoelslanery in die klub het hy met 'n skok agtergekom hy is op dieselfde pad as sy pa. Hy was kwaad vir sy pa, maar hy het al dieselfde goed gedoen. As iemand net skeef kyk na hom wou hy baklei. Jissie, as hy net sy lewe kon oor hê. Skool en alles. Dalk sou hy dan ... maar nee, hy sou nooit ... Anneli is in 'n ander klas. Sy's lani en hy sal altyd 'n fieta bly. Skielik wonder hy of sy geweet het hy rook dagga. Of sy geweet het hy en Tubby drink skelm by die skool, dan eet hulle ouderling pilletjies.

Oom Lennie klop saggies aan sy deur. Jakes kyk op.
    Kom in."
    Lennie draai die deur oop en kom in.
    "Sorry om te pla, Johan."
    "Dis niks nie Oom Lennie. Is daar fout?"
    "Nee, daar's nie fout nie. Ek het maar net gewonder. Jy moet darem 'n breek vat ou seun. Jy sit al hier van net na werk af."
    "Ek moet, Oom. Daar's baie werk."
    "Ja, maar 'n man se kop raak suf."
    Lennie praat sag en simpatiek. Jakes dink aan daardie eerste aand toe hy hier aangekom het. Oom Lennie was maar versigtig om hom aan te stel en ook nie sonder rede nie. Hy het Jakes agterdogtig aangekyk en dit was half teensinnig dat hy ingestem het dat Jakes 'n drie maande proeftydperk kan werk. En nou is dit al 'n hele paar maande, Amper ses.
    Oom Lennie is regtig besorg oor hom.
    "Jy moenie te laat met die boeke sit nie, Johan. Jy moet rus ook. Antie Sharon sal netnou vir jou 'n beker koffie of Milo bring."
    Lennie draai om en loop uit. Hy maak die deur saggies toe. Jakes is bewus daarvan dat hy vir Lennie meer as net 'n werknemer of 'n vêraf familielid is. Heng,

76

as sy pa net so kon wees. Oom Lennie maak ook 'n dop, sure, maar hy drink nooit te veel nie. Hy vloek en baklei nie vir elke bakatel nie. As sy pa ook net so kon wees. Maar Jakes kan nie eers onthou wanneer laas hy sy pa nugter gesien het nie. Frikkie het altyd na drank geruik. Volgens die pong kon jy vasstel hoeveel hy gedrink het en teen tienuur in die oggend was die pong al 'n bottel sterk. Jakes besef hy het gedink 'was'. As dit maar net so kon wees. Hy dink met hartseer daaraan dat hy eintlik nie die regte Frikkie Duvenage ken nie. Wat gaan hy maak as hy sy pa nugter sien? Dalk hou hy nie eers van die man as hy nugter is nie.

Nee, hy moenie nou aan die dinge sit en dink nie, maar aan die ander kant, as hy daaraan dink spoor dit hom aan om self iets in die lewe te word. Om hard te werk en te studeer en dalk eendag sy eie besigheid te hê. Heng, dis iets om voor te werk. Wat het Anneli gesê? 'Jy neem self die besluit om iets in die lewe te word. Dis nie iemand anders of iemand anders se gedrag wat dit bepaal nie. Net jyself.

Dan maak Jakes met mening weer sy boeke oop en begin werk.

10

Die Saterdag gaan hy tog uiteindelik saam met Pike en die ander twee klub toe. Hulle sit by 'n tafeltjie half eenkant. Die ander drink bier, maar Jakes het lankal besluit hy gaan nie drink nie. Hy neem 'n sluk van sy Coke en sien uit die hoek van sy oog die groot ou aangestap kom. Dieselfde ou wat hom met die stoel oor die kop geslaan het.

"Ek sê tjom. Jy's nog altyd in die rondte? Het ek dan nie vir jou gesê jy's nie welkom hier nie?"

Jakes sit stadig sy glas neer, want hy weet hier kom 'n ding. Pike kyk bekommerd na hom en dan na die groot ou.

"Luister Pel, ou Jakesie het niks aan jou gedoen nie. Cool it net."

"Niks aan my gedoen nie? Nou wie't my dan betrek die ander aand? Wie's die ou wat my in my bek gemoer het, daai aand?"

Jakes sê niks. Hy sit net so met sy hande op die tafel. Hy moet darem gereed wees. Die ou grote skep moed.

"Nou toe, staan op jou fokken fieta."

Jakes bedwing hom. Hy het oom Lennie belowe hy sal nie weer baklei nie. Die ou grote klap na hom. Jakes koes netjies en staan vinnig op. Die volgende oomblik kom die ou grote se vuis. Jakes blok dit netjies en slaan die grootbek vol op die mond. Hy steier terug, maar kom dadelik vorentoe. Jakes gee eenkant toe pad en pootjie die ou dat hy op sy gesig val. Hy spring op en kom weer. Jakes vang sy hand en met 'n vinnige beweging trek hy die ou nader en draai hom om en druk sy hand agter sy rug in. Jakes bewe van woede, maar hy praat saggies met die ou.

"Nou gaan jy luister wat ek sê. As ek jou vanaand vat, dan gaan jy nie net 'n week in die hospitaal wees nie."

Die ou spartel om los te kom, maar Jakes druk net sy arm hoër op agter sy rug.

"Ek gaan jou nou los en dan gaan jy by daai deur uitstap en fokkof. Don't try me."

Hy los die ou se arm en kry onmiddellik 'n vuishou in die gesig. Dit was nou genoeg. Jakes gee hom twee vinnige houe vol in die gesig dat hy steier en bo-oor 'n tafel val. Dan vat hy sy baadjie.

"Ek is nie meer lus vir kuier nie, Pike. Ek gaat huis toe."

Hy draai om en stap reguit na die kroegtoonbank toe. Die ou grote sukkel op en vee die bloed van sy gesig af. Die kroegman sien Jakes naderkom.

"Toemaar, ek het gesien wat gebeur. 'n Man kan ook net soveel vat."

Hy kan sien dat Jakes nugter is, maar baie ontsteld.

"Sorry oor jou plek."

"Moenie worry nie, ek ken hom, ek weet waar hy bly, hy sal betaal vir daai tafel."

Jakes lig net sy hand in waardering en stap uit na sy bakkie toe.

Lennie hoor die bakkie vinnig inry. Wat sou dan nou verkeerd wees? Dis nou eers half nege. Dan gaan die

79

deur oop en Jakes kom ingestap. Lennie sien dadelik daar is bloed aan Jakes se hand.

"Het jy nou wragtag weer gaan staan en fight."

"Nee Oom Lennie."

"Nou hoekom lyk jy so?"

"Daai ou het kak gesoek, Oom. Ek het probeer om niks te doen nie, Oom Lennie, maar hy wou nie luister nie. Pike het ook met hom gepraat, maar hy was hardegat. Ek sweer Oom Lennie, die barman het gesien wat gebeur, dit was nie my skuld nie."

"Ja, dis altyd die ander man se skuld. Jy moet vir jou blerrie vinnig regruk, Johan. Vanaand het jy jou weer soos Jakes gedra. Toe loop slaap, ons sal môre praat."

Jakes knik net en stap badkamer toe. Hy was sy hand deeglik en haal 'n pleister uit die kassie bokant die wasbak en plak dit oor die stukkende plek. Nou's hy weer in die moeilikheid en hy kon dit nie keer nie. Dit was wragtag sy laaste keer in 'n klub. Pike moet maar 'n ander partner kry volgende keer.

Die volgende oggend kom Jakes in die kombuis ingestap en sien Lennie half bedonnerd by die kombuistafel sit. Lennie kyk op met 'n frons.

"Die stront van gisteraand. Was jy gesuip."

"Ek het net 'n coke gedrink, Oom."

"Sure?"

"Ek wil nie soos my pa word nie, Oom Lennie. Ek drink nie."

Lennie Brown is eintlik baie trots op Jakes, maar hy moet orde hou. Tog, die seun lyk ernstig.

"Nou luister Johan, ek moes seker nie vir jou gesê het jy gedra jou soos Jakes nie. Sorry."

"Dis reg Oom."

Jakes drink net sy koffie en dan neem hy sy kosblik.

"Ons het vandag daai job in Boksburg, Oom. Ek en Amos gaan maar vroeg ry."

Hy wag nie op 'n antwoord nie. Hy klim is sy bakkie en trek effens te vinnig weg. Shit, man, sal hy dan nooit iets anders as 'n fieta wees nie? Hoekom noem die ou hom 'n fieta?

Lennie stap na sy kantoor toe. Hy voel 'n bietjie sleg dat hy so hard op Jakes neergekom het. Hy sien dat Pike onderlangs na hom kyk.

"Kom gou kantoor toe, Pike."

Pike is skrikkerig vir Lennie wat maar maklik sy humeur verloor.

"Sit. Nou vertel jy my wat gisteraand gebeur het. Ek is nie lus vir julle stront nie."

"Oom Lennie, Jakes kon nie anders nie. Hy't oor en oor vir die ou gesê hy moet hom asseblief uitlos, maar die ou wou baklei. Jissie Oom, die ou het gesoek vir 'n ding. En Jakes het hom net neergesit en toe uitgestap. Die Barman het gesien wat gebeur Oom."

"Het Johan gedrink?"

"Niks nie, Oom. Hy't net 'n coke gehad wat net half gedrink was."

Lennie is bly om dit te hoor. Dis vir hom duidelik dat hy 'n fout gemaak het. Die seun gedra hom origens baie goed. Dis asof hy doelbewus nie soos Frikkie Duvenage wil wees nie.

"Nou wat gaan soek julle in sulke plekke?"

"Ons gaan maar net om te relax Oom. 'n Bietjie te dans en so aan."

"Nou daai so-aan is nou verby, verstaan jy my? Ek het jou pa-hulle belowe ek sal na jou kyk en nou's julle elke nou en dan in 'n blerrie fight."

Lennie besef hy baklei nou onnodig met Pike, maar hy moet 'n bietjie stoom afblaas.

Amos het vinnig geleer en hy en Jakes kom goed klaar. Die man is intelligent en betroubaar. Oom Lennie dink ook dit was 'n goeie aanstelling. Jakes maak sy kamerdeur toe na aandete. Hy moet vanaand daai werkstuk klaarmaak en gaan pos. Hy het goeie moed vir die eksamen. Hy verneem dit sal naastenby saamval met die skole se eksamen. Hy glimlag as hy dink Anneli het die vorige jaar al matriek geskryf en niemand het gedink hy wat Jakes is, sal dit ooit regkry nie. Niemand nie, behalwe Anneli. Hy sal graag haar gesig wil sien as hy haar sy matrieksertifikaat kan wys. 'Jy was reg, Anneli. Ek kan doen wat enige ander mens kan doen.'

Dis die derde keer die jaar dat Jakes die tandarts besoek. Toe dit sy beurt is, kom die oulike blondekoppie uit en roep hom om in te gaan. Jissie maar sy's mooi. Nouja, sulke dinge is nie vir hom nie. Hy gaan sit en sy sit 'n lappie op sy bors en maak 'n knoop agter sy nek. Hy was lanklaas so na-aan 'n meisie. Hy kan nou verstaan hoekom die manne so vir vroumense val. Hy kyk na haar en kry 'n pragtige glimlag. Dis maar goed hy sit, want sy bene raak sommer lam.

"En hoe gaan dit vandag, Johan?"

"Dit eh ... dit gaan goed dankie en met jou?"

"Dit gaan goed dankie, maar dit sal beter gaan as jy my Nici noem. Dis die kort vir Nicola."

Weer daardie glimlag. Haar spierwit tande skitter in die lig van die oorhoofse lamp wat sy nadertrek.

"Goed ... ek is Johan."

"Ek weet. Is jy altyd so skaam?"

Skaam? Niemand het nog ooit gesê hy's skaam nie. Kommin ja, bedonnerd ja, fieta ja, maar skaam?

Maar dan kom die dokter ingestap. Die man glimlag vir hom en wys hy moet sy mond oopmaak. Daarna het Jakes nie tyd om aan haar te dink nie. Hy's maar vrek bang vir daai naald, maar hy durf dit nie wys nie. Wat sal sy nou dink as hy sit en gespanne raak? Terwyl die dokter besig is, kry hy kans om so tussendeur na haar te kyk. Sy is die ene konsentrasie as sy die vulsel meng en aangee. Die dokter praat sulke snaakse name en nommers en dit lyk of sy alles verstaan. Partykeer sê die dokter niks, maar sy draai om en kom terug met goeters en gee dit aan. Hoe weet 'n mens sulke goed? Sy moet baie slim wees. Anneli se woorde kom weer by hom op. 'Jy kan enigiets doen wat ander mense kan doen, Jakes'.

Ja, dalk is sy tog reg. Hy sal hard werk en vir almal wys wat hy kan doen. Hy wil vir ou Big Ben gaan wys wie hy regtig is. Hy wil 'n pak klere dra en regte leerskoene. Dan wil hy ou Ben se kantoordeur oopstoot en vir hom sê. 'Ek is Jakes van die kinderhuis. Onthou Meneer nog hoe jy my gat geslaan het?' Dit sal hom wys. Jakes glimlag vir sy gedagtes. Dan besef hy die dokter is nog besig in sy mond.

Toe hy klaar is kom die mooi dingetjie weer nader.

"Jy kan nou maar spoel, Johan. Hier's vir jou 'n tissue."

Haar hand raak liggies aan syne toe hy die snesie by haar neem. Hulle oë ontmoet. Weer daardie lam gevoel. Dan staan hy op en kry 'n walmpie van haar parfuum. Jissie, moet hy nie, maar ... nee, sy sal nooit vir hom val nie.

Jakes klim in sy bakkie en ry weg met stomende gedagtes in sy kop. Die meisie is nie net mooi nie, maar sy't klas ook. Amper soos Anneli. Maar hy het nooit oor Anneli gevoel soos nou nie. Nee, Anneli was iets of iemand wat hy op 'n staander geplaas het as voorbeeld van hoe hy graag sou wou wees. Hy het nooit ander gedagtes gehad oor haar nie. Nie soos in dit wat 'n ou vir 'n meisie voel nie. Jakes klap hard op die bakkie se stuurwiel. Hoekom kan hy nie dit wat hy dink in woorde stel nie? Hoekom is dit vir hom so moeilik om daardie woorde agtermekaar te kry? Mooi agtermekaar te sit.

Hy hou voor die kantoor stil. Daar staan 'n ambulans voor die deur. Daar moes iets gebeur het. Dan kom die ambulans personeel uit met iemand op 'n draagbaar. Hy sien Pike aangehardloop kom.

"Dis Oom Lennie. Hy't 'n dinges ... eh ... 'n hartaanval of iets gehad."

Jakes steek vas langs die draagbaar. Die een ambulans-man maak die deur van die ambulans oop en behendig laai hulle die draagbaar in. Oom Lennie lê doodsbleek met toe oë daar.

"Meneer, is dit ernstig?"

"Lyk so ja. Ons sal moet wag tot die dokter hom ondersoek het."

"Maar is hy ... ek meen..."

"Ja, hy lewe, maar hy's baie swak. Ons gaan hom nou op 'n drip sit."

Dan klim hy vinnig in die ambulans en Jakes kry koue rillings as die skerp klank van die sirene om die hoek verdwyn. Hy sal Antie Sharon moet gaan haal.

Sharon Brown se skok lê vlak op haar gesig. Hoekom het sy nie so iets sien aankom nie? Moegheid, of abnormale sweet of so iets. Hoekom het sy niks agtergekom nie?

"Nee Antie Sharon, dis mos nou nie Antie se skuld nie. Oom Lennie was so gesond."

"Ja maar ek moes geweet het. Ek ken hom omtrent my lewe lank, ek moes geweet het."

Jakes kalmeer haar sovêr moontlik en ry heeltemal te vinnig hospitaal toe. Hulle sit gespanne in die wagkamer. Niemand kan hulle enigiets sê nie. Dan, na meer as 'n uur gaan die swaaideure oop. Die dokter lyk ernstig.

"Mevrou Brown?"

Jakes ondersteun die huilende bleek vrou.

"Mevrou, jou man is gelukkig. Hy sal volkome herstel, maar ons gaan hom 'n rukkie hier hou. 'n Hartaanval bly maar ernstig. Ons moet hom monitor."

"Dan ... sal hy dit maak, Dokter?"

"Ja, gaan nou huis toe en rus 'n rukkie."

"Nie voor ek hom gesien het nie."

Hy oorweeg dit 'n paar oomblikke.

"Nou goed, maar u kan net 'n paar minute bly. Kom saam."

Jakes ondersteun Sharon steeds. Hy lei haar in die gang af tot by die deur wat die dokter aandui. Hy draai na die dokter toe.

"Dankie Dokter."

Lennie is wasbleek, maar toe hulle naderkom maak hy sy oë oop. Hy glimlag effens.

"Sorry my vrou."

Sharon gaan sit op die stoel voor die bed. Sy neem Lennie se hand in hare.

"Jy moet opstaan Pappa. Jy moet weer huis toe kom."

Pappa? Sy het hom laas so genoem toe Andy nog gelewe het. Daarna was enige verwysing na 'Pappa' taboe. Dit sou haar te veel herinner aan Andy. Nou hoekom het sy hom dan nou Pappa genoem? Dan kyk sy dankbaar op na Jakes wat haar skouer vashou. In die tyd dat hy by hulle bly het Jakes vir haar soos 'n eie seun geword. Sharon weet dat Lennie agtergekom het wat sy sê. Sy weet ook dat hy lankal vir Jakes as 'n eie kind aanvaar het.

"Johan?"

"Ja Oom Lennie?"

"Jy moet mooi na Mamma kyk. En jy moet mooi na die besigheid kyk. Jy's nou in beheer."

Mamma? Sou Lennie dink hy praat met Andy? Maar hy't hom tog as Johan aangespreek. Of is dit om vir hom te sê dat hy soos 'n eie kind is?

"Dis reg so Oom Lennie."

Jakes laai Sharon by die huis af. Hy het nie gevra nie. Al sou sy wou, sou hy haar nie terugneem kantoor toe nie. Hy en Pike kan later haar kar gaan haal.

'Jy's nou in beheer.' Dis wat Oom Lennie gesê het. Maar hy weet nie hoe om dit te doen nie.

'Jy kan enigiets doen wat enige ander mens kan doen, Johan'. Dis wat Anneli gesê het. Nou goed, dan sal hy dit doen.

"Pike, ons moet asseblief Antie Sharon se kar gaan haal by haar werk."

"Sure, ek is vyfuur terug dan kan ons gaan Jakes."

Jakes sit die gehoorstuk neer. Hy kyk op deur die ruitglas wat hom 'n uitsig oor die werkwinkel gee. Dis die eerste keer dat hy agter Oom Lennie se lessenaar sit. Dis net 'n ander gevoel. Hy hoor weer Anneli se woorde. 'Jy kan alles doen...'

Die aand sit hy en Sharon alleen aan etenstafel. Hy mik om te begin eet, maar Sharon hou haar hand na hom toe uit.

"Ons moet darem eers dankie sê."

86

Sy maak haar oë toe en wag. Jakes is effens gegooi. Hy kyk verskrik na haar. Dan hoor hy weer daardie woorde. Hy buig sy kop.

"Dankie Here dat ons vanaand kos het om te eet. Seën die hande wat dit voorberei het en Here, dankie dat Oom Lennie okei is. Amen.

Dit was die eerste keer dat Jakes 'n tafelgebed gedoen het. Hy het al gewoond geraak aan oom Lenny se gebed voor ete, maar by sy eie huis het Frikkie weggeval omtrent voordat Younis sy bord voor hom neergesit het.

Hy vee liggies oor sy oë met die agterkant van sy hand. Hy weet nie mooi hoe om te bid nie, maar laas toe hy gebid het, het dinge reg geloop. Hy het werk gekry en kyk net na al die dinge wat gebeur het. Hy stuur 'n skietgebedjie op.

'Here, ek is maar 'n fieta, maar dankie dat U ook vir fietas lief is.'

Hy voel effens skuldig. Anneli het altyd gesê hy moenie homself minder ag as ander mense nie. Hy mag wel uit Fietas uit kom, maar hy hoef nie 'n fieta te wees nie.

Die ete verloop half gedemp. Hulle het elkeen maar hulle eie gedagtes. Sal Oom Lennie okei wees? Natuurlik. Hulle moet dit net glo. Dan verskoon Jakes hom en gaan kamer toe.

"Ek moet daai assignment vanaand klaarmaak, Antie Sharon."

"Dis reg Johan. Jy werk so hard, Oom Lennie sê jy gaan ver kom as jy so aanhou."

"Ek wil nie net ver kom nie, Antie Sharon, ek wil baie ver kom."

11

Lennie het gesond geword, maar wou nie weer die bestuur van die besigheid behartig nie. Nee, hy kom kantoor toe en sit maar net daar en wanneer hy moeg is, gaan hy huis toe.

"Jy doen goed, Johan, hoekom sal ek nou inmeng?"

"Dankie Oom Lennie, maar daar's net een ding. As ek so baie in die kantoor is, dan sit Amos net rond. Ek hou hom besig in die shop, maar hy raak ongemaklik. Ek kan sien hy wil werk.

So leer Jakes elke dag meer van die bestuur van die besigheid. Lennie bied aan om die naam van die besigheid te verander. Iets soos 'Lennie Brown en vennote', maar Jakes skop daarteen. "Nee Oom, die naam moet dieselfde bly. Net 'Lennie Brown, Plumbers'. Ek is mos nie 'n vennoot nie."

Lennie kyk met deernis en waardering na Jakes.

"Johan ou seun, ek het lank getreur oor my Andy. Ek was kwaad vir die Here oor hy my kind weggevat het. Ek was jare lank kwaad. En daai aand toe jy kom. Ek wou nie onbeskof wees nie en ek weet dis hoe dit gelyk het. Maar toe ek jou sien, toe sien ek vir Andy. En so met die tyd het ek agtergekom die liewe Here het jou in Andy se plek gestuur. Nee, jy's 'n vennoot. Jy hou 30% van die besigheid. As dit reg is met jou. Dis wat ek vir my eie seun sou gegee het."

Jakes kyk lank na Lennie. Hy het nie woorde vir hierdie emosionele oomblik nie.

"Dankie, Oom Lennie. Dankie, ek sal Oom nie drop nie."

"Dit weet ek al lankal, Seun."

Jakes werk hard en in die tyd van sy eksamen neem Lennie tydelik weer die bestuur oor. Jakes skryf amper elke dag 'n vak en wag gespanne vir die uitslag. Hy bewe van kop tot tone toe hy die dag die posbus oopmaak en die bruin koevert met die Unisa naam en embleem sien. 'JOHAN JACOBUS DUVENAGE' Sertifikaat van prestasie...' Hy kan nie verder lees nie. Sy oë swem in die trane. "Dankie Here ... en dankie Anneli."

Nou moet hy verder gaan. Hy moet 'n graad kry in besigheidsbestuur. Ten minste. Maar hy's nou so aan die gang met die leerdery dat hy nie eers wil wag nie. Hy weet nou wat die mense bedoel met die term 'Gap-jaar', maar hy's bang hy raak weer lui. Alhoewel hy steeds sy klasse in Afrikaans en Engels volhou. Hy moet eenvoudig ordentlike Afrikaans en Engels kan praat. Hy moet mense op 'n gelyke vlak in die oë kan kyk sonder om skaam te wees vir sy Fieta-taal. Nee wat hy sal dit kan hanteer. Hy gaan dadelik aansoek doen. Net die volgende dag doen hy dit. Hy registreer en ry huis toe met 'n groot glimlag op sy gesig.

Lennie is met reg trots op Jakes se prestasie. Hy dank stilletjies die Here dat hy die seun as't ware vir hom gegee het. Hy wil niks sê nie, maar hy wonder of Johan sy ma gaan vertel. Die afgelope tydjie ry hy gereeld deur

Johannesburg toe om sy ma te sien. Hy praat nooit oor sy pa nie, maar hy weet die seun verlang na sy ma.

***

Daardie Saterdag ry hy weer na haar toe.

Jakes stop voor die huis en sy oë gaan eerste na die stukkende hekkie toe. Ja, dinge is nog dieselfde. Hy klop en hoor aan die klank van die voetstappe maar dis nie sy ma nie. Vir 'n oomblik is hy lus en draai om en ry net weg. Hy wil nie die dronk mens sien nie. Dan gaan die deur oop. Frikkie knip sy oë 'n paar keer.

"Well, can you believe it?"

Hy draai om en skreeu in die gang af.

"Younis, jou blerrie seuntjie is hier."

Dan draai hy om en slinger terug kombuis toe. Younis kyk verbaas na Jakes.

"My kind, Ma het jou nie verwag op 'n Saterdag nie. Dis mos die tyd wanneer julle jonges raas en rumoer."

Die ou tandlose mond lag lekker.

"Kom in, Johannie."

"Middag Ma."

Hy hou haar vir 'n paar oomblikke teen hom vas. Sy staan eenkant toe dat hy kan inkom. Jakes aarsel. Hy wil nie 'n situasie skep tussen hom en sy pa nie, maar dan besluit hy, 'te hel daarmee', hy wil sy ma sien. Hy stap in en maak die deur agter hom toe. In die kombuis sit Frikkie en liefde maak met 'n glas skoon brandewyn. Hy kyk op.

"Wil jy 'n dop hê?"

"Nee dankie, ek drink nie."

"Nou maar loop dan in jou moer in."

Frikkie top sy halfvol glas op, net om 'n punt te bewys. Dan kyk hy na die bottel wat vinnig sak.

"Gaan jy nie vir jou pa 'n ou brandytjie kry nie? Die bottelstoor is nog oop."

Jakes antwoord hom nie eers nie. Hy kyk met afsku na die glas brandewyn, dan na sy ma. Hy maak net seker sy's nie weer vol blou kolle nie. Hy sweer hy sal Frikkie se dronk nek breek as hy net een kol of merk aan sy ma sien. Dan staan hy op. Die woede is besig om so vinnig in hom op te bou dat hy voel hy moet liewer ry. Hy groet nie sy pa nie. Die mens wat daar by die kombuistafel sit is nie die naam 'pa' werd nie. Younis stap saam met Jakes voordeur toe. Hy steek sy hand in sy baadjiesak en haal 'n selfoon uit.

"Hier, Ma. Bel my as ma my nodig het. Ek sal gereeld tyd opsit."

"My kind, ek weet nie hoe om die ding te werk nie."

"Laat Mavis Ma wys. Sy sal weet. En Ma ... ek gaan 'n woonstel kry ... of 'n townhouse. Dan kom bly ma by my, asseblief Ma. Ma het mos nou genoeg gehad van hierdie gemors."

"My arme kind. Ek kan mos nie jou pa netso los nie. Wat sal van hom word?"

"Ek gee nie 'n hel om nie Ma. Hy het Ma verniel."

Jakes sou graag wou bysê, 'kyk hoe lyk Ma', maar bedink hom. Hy wil nie sy ma verder verneder nie. Dan hou hy sy Ma vir oulaas styf vas.

"Ek kom weer volgende week, Ma."

Hy druk skelmpies 'n koevert in haar hande."

"Steek dit weg, Ma. Ma hoor mos hy wil nog brandy gaan koop."

Lank nadat Jakes se bakkie om die hoek verdwyn het, staan Younis nog na die straathoek en kyk. Sy kyk, maar sy sien niks. Sy weet net dat sy so graag saam met hom sou wou gaan. Kyk hoe goed lyk haar kind. Hy het iets van sy lewe gemaak. Sy droom van 'n rustige bestaan waar sy nie elke oomblik van die dag teen 'n dronk man hoef vas te kyk nie. Dan draai sy stadig om en stap na haar kamer toe. Frikkie se dronk stem roep sleeptong na haar, maar sy antwoord hom nie. Dan hoor sy hom in die gang afgestap kom. Sy wil die deur sluit, maar dan sal hy dit net oopbreek. Hy stamp die deur hardhandig oop en staan waggelend in die deur.

"Hoekom is jy in die kamer? Watse spul kak het die mannetjie alweer in jou kop in gepraat? Huh?"

"Hy't niks gesê nie, Frikkie. Jy was mos by."

"En toe julle uitloop?"

"Niks."

"Jy soek my jou blerrie slet. Vandag moer ek jou behoorlik."

Younis staan stadig van die bed af op.

"Kom, Frikkie Duvenage. Kom."

Frikkie is vir 'n oomblik 'n bietjie gegooi, maar Younis staan gereed vir hom.

"Jy het die laaste keer aan my geslaan, jou dronkgat. Ek sal nie meer stilstaan nie."

Dan storm Frikkie vorentoe. Hy vergeet sy toestand en toe hy by haar kom, slaan sy hom vol op die mond. Die dronk lyf steier agteruit, maar dan kry hy die verrassing van sy lewe. Younis gryp hom voor die bors en stamp sy kop teen die muur. Weer en weer.

"Toe, slaan terug jou coward. Slaan terug!"

Maar hy kan nie. Die bloed loop teen sy agterkop af en daar sit 'n bloedkol teen die muur. Frikkie Duvenage val soos 'n lap op die vloer en hou sy kop met sy hande toe. Younis skop hom vir oulaas in die ribbes.

"Dis vir daai skop van gisteraand."

Dan skop sy hom weer.

"En vir die een van eergister. God moet my vergewe, maar vanaand donner ek jou dood."

Sy staan uitasem agteruit. Dan neem sy die foon en bel die nommer wat Jakes vir haar ingepons het. Hy't gesê as sy hom nodig het moet sy net bel.

"Druk net die groen knoppie, Ma."

"Johannie, jy moet kom. Jy moet kom."

Younis hoor die geskreeu van die bakkie se remme. Sy weet dis Jakes wat omdraai. Skaars vyftien minute later hoor sy die bakkie voor die deur stop. Sy't nie die deur gesluit nie en hy storm in die gang af.

"Waar's hy, die bliksem?"

Younis sit en huil van ontsteltenis.

"In die kamer."

Jakes storm die kamer in en is gereed om Frikkie vrek te slaan, maar daar lê Frikkie in 'n plas bloed op die linoleum. Jakes frons. Wat gaan hier aan?

"Ma, wat het met hom gebeur."

Stil.

"Ek het hom gedonner."

"Het ma … is dit Ma wat hom so geslaan het?"

"Ek het genoeg gehad, Boetie, genoeg."

"Nou gaan pak 'n paar goedjies, Ma gaan saam met my."

"Maar ek kan nie, ek kan mos nie..."

Streng.

"Hou nou op met daai storie, Ma. Van vandag af is Ma se swaarkry verby. Toe, ek wag."

"Dis nie wat ek wou sê nie, Johannie. Ek wou sê ek kan mos nie na Lennie se huis toe gaan nie. Hy sal my wegjaag."

"Hy sal nie. Oom Lennie het 'n goeie hart. Toe maak gou, Ma."

Younis staan op en stap kamer toe. Die patetiese vrou is weg. Sy stap doelgerig in die kamer in en haal 'n verslete tas van die hangkas af. Sy vee die stof met haar hand af en maak die tas oop. Dan pak sy vinnig 'n paar kledingstukke in. 'n Bietjie kosmetiese produkte wat sy nie noodwendig van hou nie, maar dis wat die welsyn gebring het. Sy stap terug kombuis toe en los Frikkie netso waar hy in sy dronkenskap in sy eie bloed aan die slaap geraak het. Jakes neem die tas by sy ma en stap doelgerig na sy Bakkie toe. Younis is kort op sy hakke. Die rit verloop in relatiewe stilte. Jakes kyk net 'n keer of wat in sy ma se rigting, maar Younis staar voor haar uit. Hy haal sy foon uit en skakel Lennie se nommer.

"Brown."

"Oom Lennie, dis ek. Hoor hier, ek bring my ma soontoe. Moenie skrik as ons daar opdaag nie."

"Wat?"

"Sy kan nie langer by daardie vark bly nie. Ons sal later 'n plan maak, dis net vir 'n paar dae."

Lennie is verbasend inskiklik.

"Nee dis reg Seun. As jy so sê."

Jakes sit die foon terug in sy sak.

"Sien Ma nou? Moet nou nie bang wees nie, hy sal Ma nie wegjaag nie."

"Ek is nie bang nie, my kind. Ek is skaam. Daardie tyd het almal my gewaarsku teen jou pa. Ek wou nie luister nie. Nou moet ek terugkruip na my broer toe ... en kyk net hoe lyk ek."

Dan loop die trane weer.

"Ma, ek belowe vir Ma dinge sal nou regkom. Ons begin 'n nuwe lewe, ek en Ma. Maandag neem ek Ma winkel toe om 'n bietjie klere te koop."

Younis kyk op na haar seun. Kyk net na die aantreklike jong man wat hier langs haar sit. Hy praat so mooi. Heeltemal anders as toe hy by die huis of in die kinderhuis was. En sy klere ... dis so mooi. En dis alles omdat hy by Lennie is. En sy't gesê sy't nie haar familie nodig nie. Sy's die een wat gesê het, cut the ties.

12

Lennie maak die deur oop. Hy is skielik bly Jakes het hom gebel op die pad, want hy sou sy eie suster nie herken het nie. Die verdomde Duvenage.

"Sus?"

"Naand Lennie."

Haar oë is neergeslaan van skaamte. Sy weet nie waar om haar kop in te steek nie. Here laat die aarde oopgaan. Ek kan nie hierdie vernedering hanteer nie, ek is so skaam.

Maar Lennie steek sy hande uit. Sy val in sy arms en huil van voor af.

"Dis reg Sus, dis reg."

"Maar ek is so skaam, Boetie."

"Ons kan later praat. Kom nou eers in en kry iets te ete."

Uiteindelik kry Lennie dit reg dat Younis begin praat. Sy vertel nie alles nie, maar sy weet Jakes het hom al baie vertel. Die mishandeling, die name wat hy haar genoem het, die aanrandings.

"En wat sê hy toe jy vanaand uitloop."

"Hy weet nie. Wel, dalk het hy teen die tyd wakker geword, maar hy't in sy bloed gelê en slaap."

"Bloed, wat waarvandaan kom?"

"Ek het hom gedonner, Boetie."

Lennie kyk met verbasing na die klein maer vroutjie voor hom. Dan begin hy lag. So aansteeklik dat Younis saam begin lag. Jakes is bly oor hoe Lennie sy ma ontvang het.

Sharon, wat al bed toe was, kom ingestap terwyl sy haar japon vasmaak.

"Naand, Sussie."

Younis kyk op na die vrou voor haar wat selfs in haar japon goed en versorg lyk.

"Naand, Sharon. Ek is so jammer dat ek dit aan julle doen. Ek wou nie, maar Johan het aangedring."

"Nee, Sussie, dis reg so. Ek het vir jou 'n kamer reggemaak nadat Johan gebel het. Jy moet lekker gaan bad en in vrede slaap. Ek gaan jou 'n pilletjie gee om te ontspan."

"Dat julle so goed kan wees vir my, na alles wat gebeur het."

"Ons praat later daaroor, as jy wil, maar dis nie eers nodig nie."

Younis lê lank in die bad. Sy kyk na die blou kneusplekke oor haar hele lyf. Dis maar goed Johan het dit nie gesien nie. Hy sou sy pa vermoor het. Dan maak sy haar oë toe. 'Dankie Here dat ek daar uit is. Vergewe my dat ek dit nie meer kon vat nie.'

Jakes het nou al twee keer vir Nici raakgeloop. Hy kan net nie die moed bymekaar skraap om haar vir koffie of iets te nooi nie. Wat sal sy sê as sy uitvind waar hy uitgekruip het? Nee, hy sal dit maar liewer los. Maar dis nie in sy hande nie.

"Kom, Johan, ek stick jou vir 'n koffie."

"Jy ehm ... ek weet nie of ... wel, okei, dankie."

Hulle sit teenoor mekaar in die oulike koffieplekkie naby die park. Nici kan nie die skaam, teruggetrokke man verstaan nie. Dis vir haar aantreklik.

"Is jy altyd so skaam, Johan?"

"Skaam?"

"Ja. Soos jy nou hier sit, bloos jy bloedrooi."

"Wel dis eh ... nee, sommer niks."

Dan kom die kelnerin en neem hulle bestelling. Nici weet wat sy wil hê.

"Een latté asseblief en..."

"Ja, vir my ook asseblief."

Hy weet nie mooi wat 'n Latté is nie, maar hy sal nou-nou uitvind. Hy speel maar altyd veilig in so 'n plek en bestel net 'n gewone koffie. Nici kyk nuuskierig na hom.

"Vertel my van jouself. Waar kom jy vandaan?"

Nee wragtag, hy kan dit nie vir haar sê nie.

"Nee ek ... ek praat nie graag oor myself nie."

"Hoekom nie? Dit behoort interessant te wees. Okei, ons speel 'n speletjie. Ek vra jou iets en dan vra jy my iets. Maar ons moet eerlik wees wanneer ons antwoord."

Waar gaan die ding eindig? En dis hoekom hy nie wou kom nie. Hy kan nooit in sy lewe vir Nici vertel waar hy vandaan kom nie. Sy glimlag ondeund.

"Ek raai dat jy uit 'n voorstad soos Linden of Northcliff kom. Reg?"

Jissie, is sy dom, of is hy dalk nie so 'n groot fieta nie?

"Nee."

"Nou waarvandaan kom jy dan? Nee wag, dis eers jou beurt. Vra my."

"Waar ... waar het jy skoolgegaan?"

"Hier in Benoni. My beurt."

"Hoor hier, Nici, ek wil nie verder speel nie, asseblief. Ek eh..."

Maar hy kom nie verder nie. Nici lyk afgehaal.

"Sorry man, dis net ... okei, ek weet hierna sal jy nooit weer met my wil praat nie. Dis jammer, maar laat ek dit oor en verby kry. Ek kom uit Fietas uit. Vrededorp, Jan Bom. Noem dit wat jy wil. Ek is 'n fieta en ek sal nooit iets anders kan wees nie. Dit sit in jou bloed, in jou klere, in alles."

"Nou't ek jou kwaad gemaak."

"Nee, dis ek wat van beter moes geweet het."

"Wat bedoel jy?"

"Ek moes vooraf geweet het jy sal dit een of ander tyd uitvind, so liewer nou as later."

"Ek verstaan nie. Wat maak soiets saak?"

"Jy sal nie verstaan nie. Jy't anders grootgeword."

"Hoe weet jy?"

"Jy moes anders grootgeword het. Jy praat mooi, jy's slim, jy ... en jy het klas."

"Dankie, maar jy is heeltemal verkeerd."

"Nou wat dan?"

"Kom ek vertel jou. My pa was 'n myner en op skool moes hy aansoek doen dat ek vrygestel word van skoolfonds betalings. Ek het op 'n stukkende fiets skool toe gery winter en somer, want teen daai tyd van die oggend was my pa al lankal werk toe. En as my fiets stukkend was, moes ek stap. Ek het nie mooi klere gehad waarmee ek saam met die ander kinders kon uithang nie. Ons was arm. Lae klas. So wat maak jou Fietas soveel erger as my agtergrond?"

Sy kyk hom reguit in die oë. Dan slaan sy haar oë neer en praat sagter.

"Sorry, Johan, maar jy maak my de hel in dat jy jou agtergrond kan blameer vir alles. Jy is wat jy van jouself maak. Hoor jy my? En ek sien niks verkeerd aan jou nie."

99

Dis 'n eggo van wat Anneli gesê het. Vir 'n hele rukkie sit hy net en roer aan sy Latté, tot Nici sy hand vat.

"Dis nou genoeg geroer, Johan."

Hy skrik effens.

"Ek is jammer, Nici. Maar die feit van die saak is dat ek op skool niks was nie. Almal het vir my gelag en my uitgeskel vir 'n fieta. Ek was gedurig in die moeilikheid want ek was 'n kinderhuis kind. Goed, ek was onmoontlik, want ek wou almal skok. Ek het dagga gerook, gedrink en al daai dinge. Maar alles wat verkeerd gegaan het was altyd Jakes se skuld."

"Jakes?"

"Dit was my naam op skool. Tot ek die dag weggeloop het en hier na my oom Lennie toe gekom het. Maar daai goed steek vas in 'n mens se binneste."

"Ek weet. Dis eers toe ek op Universiteit gekom het dat ek 'n regte persoon was."

Hy kyk net na haar. Sy verstaan. Sy verstaan wragtag. Dan glimlag hy vir haar.

"Ek het jou onderskat. Dankie dat jy verstaan en my nie oordeel nie."

"Ek sal nooit. Ek ken die gevoel. Ons kom van dieselfde plek af."

Daarna sien Johan en Nici mekaar gereeld. Hy kan nie glo dat hulle so goed oor die weg kom nie. Dis lekker dat hy niks hoef weg te steek nie. Hy hoef nie te maak of hy uit 'n lani plek uit kom en klas het nie.

"Maar jy hét klas, Johan."

"Dan is dit maar wat Oom Lennie en antie Sharon my geleer het. En jy."

Hy kyk diep in haar oë. Daardie blou poele wat so diep soos die Oseaan is.

"Ek is lief vir jou, Nicola van Wyk."

100

"En ek vir jou."

13

Anneli kan nie glo hoe vinnig die tyd verbygegaan het nie. Dis amper die einde van haar derde jaar. Sy voel vanaand alleen. Haar vriendskap met haar skoolliefde Hennie, het nie uitgewerk nie. Hy het iewers agtergebly en sy het nie meer tyd gehad om hom te laat goed voel nie. Nou het sy uiteindelik die moed bymekaar geskraap om die sogenaamde verhouding te beëindig.

"Maar hoekom, Anneli?"

"Hennie, ons het uitmekaar gedryf, Ons ... man ons praat nie meer dieselfde taal nie."

"O, so die Westcliff kom nou deur."

"Ek gaan maak asof ek dit nie gehoor het nie."

"Die waarheid maak seer."

"Dis baie ver van die waarheid af, Hennie en jy weet dit. Dis net. Ag man, ek sien net nie meer kans om so aan te gaan nie. Ons gaan uit, praat oor ditjies en datjies. Rugby en sulke goed, maar ek voel net ... daar is meer in die lewe as net kuier en rugby. Asseblief, moet dit nie moeiliker maak as wat dit is nie."

"Dit klink nie vir my of dit moeilik was nie. 'Hennie ek drop jou', en dis klaar."

"Jy maak dit nou lelik."

"Ek sê jou wat. Have a happy life."

Hy het net opgestaan en uitgestap. Hy't nie eers sy hand gelig om totsiens te waai nie. Vanaand is die eerste aand wat sy alleen is. Hennie was altyd daar. Maar uiteindelik het hy net handig geword om te kyk wat met haar kar verkeerd is, om haar kar te was en ander takies vir haar te verrig. Maar sy wil meer in die lewe hê. Sy wil iemand hê wat haar verstaan en vooraf weet wat hy moet doen en hoe om op te tree. Dis nie lekker om so daaraan te dink nie, maar tog het dit uiteindelik met intelligensie te doen. Hennie het die soort meisie nodig wat saam met hom gaan rugby kyk, saam 'n bier drink en partytjie hou en dis nie sy nie. Nie dat daar enigiets met rugby kyk verkeerd is nie en 'n partytjie op sy tyd is net so nodig. Dit was moeilik om die besluit te neem, maar toe sy besef hy het vir haar net gerieflik geword, moes sy 'n einde daaraan maak.

Anneli gee al haar aandag aan haar studies. Sy wil nie 'n goeie dokter wees nie, sy wil die beste wees. Haar ouers het haar geleer dat al het sy in 'n huis grootgeword waar aan al haar behoeftes voldoen is, dit nie noodwendig sukses waarborg nie. 'n Mens moet self jou pad oopveg as jy iets in die lewe wil bereik. Daarom het haar ouers haar op skool toegelaat om haar eie besluite te neem en haar eie probleme op te los. Uit die aard van die saak was hulle altyd daar om raad te gee en te help, maar die besluite het by haar berus.

Dan dink Anneli weer aan die ander uiterste van die spektrum. Wat van iemand soos Jakes?

Hy het met niks grootgeword. Hy het geen leiding gekry nie. Hy het geen ondersteuning gekry nie. Vir hom het die lewe in 'n doodloopstraat begin en staan 'n goeie kans om in daardie doodloopstraat te eindig. Sy kanse om iets te bereik of iets van sy lewe te maak is baie skraal. Sy wonder wat toe uiteindelik van hom geword het. Werk dalk iewers as halfgeskoolde werker wat die minimum verdien en met die absolute minimum moet klaarkom. Dis so 'n jammerte dat hy nooit sy potensiaal sal kan bereik nie. Jakes is nie dom nie, die lewe het hom net agtergelaat en dit sal 'n byna onmenslike poging verg om van sy lewe iets te maak waarvoor hy nie skaam hoef te wees nie. Sy dink aan die dag toe sy hom gaan soek het. Sy ma, die vrou wat die deur oopgemaak het. Afgetakelde mens wat seker nooit weer sal kan opstaan uit haar omstandighede nie. Arme Jakes, wat sou van hom geword het?

Jakes dra die laaste bokse in. Pike het hom gehelp om die meubels wat hy by die pandjieswinkel gekoop het, reg te skuif. Daar is die sitkamerstel, eetkamertafeltjie met vier stoele en 'n los matjie op die vloer. Karig, maar skoon en netjies. Die twee slaapkamers is net so eenvoudig, maar so smaakvol as wat hy kon. Hy staan en kyk na die leefvertrek. Hy glimlag tevrede. Nou kan hy sy ma gaan haal. Nou kan haar lewe weer rigting kry. Nou kan sy weer menswaardig wees. 'Dankie Here dat ek daar kan wees vir haar.'

Vir die eerste keer in maande dink Jakes weer aan sy pa. Hy gee nie werklik om wat van hom geword het nie, en hy voel nie eers skuldig daaroor nie. Frikkie het eendag in sy dronkenskap vir hom gesê dat die Bybel sê jy moet jou vader en moeder eer, maar Jakes het nie die dronk man as sy vader erken nie. Nee, bloot om menslike redes wonder hy maar wat van Frikkie geword het.

Die vrou wat saam met Jakes in die woonstel instap, is reeds 'n ander mens. Younis Duvenage sal altyd 'n eenvoudige mens wees, nederig ook, maar sy lyk anders. Haar eenvoudige klere is netjies en smaakvol. Jakes het vir haar geld gegee om haar klerekas reg te kry. Hy het haar tande laat regmaak en sy kan weer glimlag vir die lewe. Figuurlik sowel as letterlik. Jakes kyk met 'n glimlag na sy ma wat alles oopmond staan en bekyk.

"Johannie, my kind."

"Dis Ma s'n. Hier is Ma die baas. Ek sal later ordentlike meubels en goed koop, maar Anneli het altyd gesê 'n mens moet kruip voor jy kan loop."

Anneli het ook gesê 'n wedren begin met die eerste tree. En Jakes se wedren het begin die dag toe Lennie hom ingeneem het. Noudat hy daaraan dink, het sy wedren begin toe hy die dag uit die skool uit is. Dit het hom in die posisie gelaat waar hy moes oorleef. Swem of sink. Hierdie wedren sal hy voluit hardloop. Hy wil nie 'n goeie plumber wees nie, hy wil die beste wees. Dalk nog ander ondernemings ook, wie weet?

Dis die einde van sy tweede jaar en Johan is ingenome met sy uitslae. Dis hoe hy nou ook al aan homself dink. Johan. Hy is gelukkig dat hy sy studies op 'n praktiese manier kan gebruik terwyl hy nog studeer. Hy bestuur nou die onderneming ten volle. Alhoewel Oom Lennie gesond geword het, het hy besluit dat Jakes dinge so goed hanteer het dat hy net sowel kan oorneem. Lennie se gesondheid is goed en hy sien gereeld die spesialis. Die feit dat hy die bestuur aan iemand anders oorlaat, help natuurlik baie om die stresvlakke te verlig. Lennie en Sharon, wat onlangs afgetree het, is juis weg met vakansie.

"Hoekom gaan Oom-hulle nie oorsee nie?" het Johan gevra.

"Nee Seun, ons kan hier in ons eie land net so lekker vakansie hou vir baie goedkoper."

"Ai, Oom Lennie, jy't mos genoeg geld. Geniet dit nou, ek sal goed na die besigheid kyk."

"Dit weet ek, Seun, maar ek is nou maar eenmaal so. Jy sal my maar so moet opgebruik. My Pa het gesê jy moet jou nooit te ver neersit nie."

14

Daardie Desember is Lennie oorlede. Eenvoudig maar eervol. Dis die les wat Johan by hom geleer het. Hulle het Lennie begrawe in 'n eenvoudige kis sonder onnodige 'trimmings'. Dis wat Lennie geskryf het in sy eenvoudige testament.

"Jy, Johan, kry die onderneming "Lennie Brown, Plumbers." Ek weet ek laat my besigheid in goeie hande. Sharon, my vrou, Die huis is joune en twee derdes van my beleggings gaan aan jou. Soos sake nou staan, sal dit meer as genoeg wees om gerieflik te kan lewe. Die ander derde bly in die trust. As Johan dalk wil uitbrei, moet hy geld beskikbaar hê. Johan, ek vra jou nie om mooi na Sharon te kyk nie, want ek weet dis onnodig. Dankie Seun dat jy vir my soos my eie kind geword het."

Johan het trane in sy oë.

Die prokureur kyk op na Sharon.

"Mevrou Brown, ek het verdere opdragte van Meneer Brown wat ek in besonderhede met u sal bespreek op 'n latere geleentheid. Dit is maar net om sake vir u te reël om u lewe te vergemaklik. Soos byvoorbeeld as u dalk u belegging uit die trust wil onttrek."

"Ek en Johan sal dit bespreek en u inlig."

Dis nie maklik om sonder jou raadgewer aan te gaan nie. Johan voel verlore die eerste paar weke. Tog, wanneer hy 'n moeilike besluit moet neem, dink hy altyd aan hoe Oom Lennie dit sou doen. Hy is saam met die prokureur bank toe om al die nodige dokumente te teken om die onderneming se rekening oor te neem. Die trust word ook bespreek en Johan is nou in beheer. Pike is steeds by die besigheid en hy is nou die werkwinkel bestuurder. Hy werk dus die skedules uit en sorg dat dit nagekom word. Carol doen die besprekings en dinge werk soos altyd.

"Maar Johan, dan is jy skatryk."

Hy kyk sonder veel emosie na Nici, want hy het al baie gehoor dat iemand wat te veel het, gewoonlik te veel spandeer. Nee, hy sal aangaan op Oom Lennie se patroon.

"Nee, ek is nie skatryk nie. Die besigheid moet van dag tot dag geld inbring en as ek onverskillig is, gaan dit nie gebeur nie. Oom Lennie het my geleer dat jy elke dag alles moontlik moet doen om sukses te hê. Sukses word van dag tot dag bepaal. Maar dis nie al nie. Jy moet 'n oop hand hê. Dit wat jy kry moet jy deel. En jou regterhand mag nie weet wat jou linkerhand doen nie."

"Jy weet, jy het my so baie geleer in die tyd dat ons saam is."

"Dink jy so?"

"Nee, ek dink nie so nie, ek weet dit."

Hy glimlag.

"Jy meen dis nie sleg vir 'n fieta uit Jan Bom nie?"

"Jy moet dit nooit weer sê nie, Johan Duvenage. Nooit weer nie."

Dan raak hy ernstig.

"Oom Lennie het altyd gesê jy mag nooit jou wortels vergeet nie."

"Maar jy moet ook nie altyd net die negatiewe dinge onthou nie. Daar in Fietas, soos jy die plek noem, daar het jy geleer om nederig te wees. Daar het jy geleer om uit te styg bo jou omstandighede. Dis wat jy moet onthou."

Johan kyk met verbasing na haar.

"Jy is so slim, jy moes eintlik 'n sielkundige geword het, weet jy Nici?"

"Jy moenie spot nie, dis wat ek eintlik wou doen."

"Hoekom het jy nie?"

"Ek het nie die selfvertroue gehad nie. Ek het natuurlik verskoning daarvoor gemaak deur te sê dat my vakkeuses op skool nie reg was nie."

"Nou maar dis nog nie te laat nie."

"Bedoel jy wat ek dink jy bedoel?"

"Ja. Jy kan dit mos nog steeds doen."

"Nee. Ek is gelukkig in my werk. Ek is tevrede."

"In elk geval sal jy binnekort ophou werk ook."

"Wat bedoel jy?"

"Wel, mooi, jong, getroude vroutjies maak gewoonlik kinders groot."

"Johan! Jy't my nog nie eers gevra nie."

"Dan vra ek jou nou. Nicola van Wyk sal jy asseblief met my trou?"

Sy kyk lank na hom. Sy kan nog nie glo dat soiets met haar gebeur nie. Hierdie beeld van 'n man met sy breë skouers en vaste beginsels vra haar om met hom te trou. Johan raak effens senuweeagtig.

"Of toemaar, as jy nie kans sien nie..."

"Ja, ja ja, Johan, ek sal met jou trou."

Dit was vir Johan 'n voorreg dat hy sy ma kon vra om saam met hom voor die kansel te staan. Toe die dominee sê hulle moet die ringe aansteek, stap Younis tot voor hulle en oorhandig elkeen se ring. Dan neem sy hulle hande en vou dit in mekaar. Sy kyk met liefde en trane na die twee en sê saggies; "Mag God julle seen."

Sharon het lankal daaraan gedink om Younis te vra om by haar te kom bly, maar sy was bang Johan hou nie van die idee nie. Maar nou is hy nie meer alleen nie en sy kan haar wens aan haar skoonsus oordra.

"Of anders kan ek en jy in die townhouse bly en die groot huis vir hulle gee."

"Sharon, jy moenie jou lewe en jou privaatheid omvêrgooi vir my nie."

"Nee my liewe mens, dis eintlik vir my. Ek verdwaal in die groot plek."

Toe Johan en Nici terugkom van hulle wittebrood af, praat sy met hulle.

Johan kyk verbaas na Sharon.

"Antie Sharon, jy kan dit mos nie doen nie."

"Dis my huis Johan, ek kan daarmee doen wat ek wil. Toe, asseblief sê ja."

Die trek was nie moeilik nie. Toe Johan en Younis uit die woonstel na die townhouse toe trek, het hy nuwe meubels gekoop en die plek behoorlik en smaakvol ingerig. Toe hy en Nici dus die geleentheid kry om na die groot huis toe te trek, was die plek ook mos reeds gemeubileer. Dit was letterlik 'n kwessie van tasse pak.

"En as julle nie van die meubels hou nie, Kinders, dan verkoop julle dit eenvoudig."

So het Johan vir Sharon leer ken. Niks is vir haar te moeilik nie. Kortom, hy kan nie verstaan dat daar vir soveel jare so 'n onnodige breuk in die familie was nie. Die dinge wat Lennie en Sharon hom geleer het, is waardevol. Dis waarop hy sy hele lewe bou. Dit, en Anneli se lesse.

Daardie Maandag vra hy Pike om die personeel bymekaar te roep. Pike kan nie mooi verstaan nie, maar hy doen dit. Die mense is stil toe Johan uit sy kantoor uit kom. Wat sou dan nou verkeerd wees? Johan staan eers 'n paar oomblikke na hulle en kyk. Daar is Dries, Amos, Tabo en 'n paar nuwe werkers. Dan is daar Gertjie, Pike en Wynand.

"Mense, julle moenie so sad lyk nie. Die Madala sal nie daarvan hou as hy ons nou kon sien nie."

Respekvol haal hulle almal hulle hoede en pette af. Lennie was goed vir sy mense. Dis per slot van sake hulle wat die werk doen.

"Kyk, ek dink die Madala sou graag vir julle elkeen iets wou gee om dankie te sê. Julle kry hierdie maand almal 'n bonus van R2000. En 'n maandelikse verhoging van 10%. Julle verdien dit. En dis sommer net om dankie te sê vir julle harde werk. Dankie mense, ons het 'n lang dag voor ons."

Dan begin hulle stadig vir hom hande klap terwyl hulle sing. Johan se nekhare staan omtrent orent. Die ritmiese geklap en die diep stemme raak hom.

15

Anneli stap vinnig by die cafeteria in om iets te kry om te eet. Hierdie aandklasse neem baie van haar tyd op, maar sy moet dit eenvoudig doen. Toe sy omdraai van die toonbank af, staan hy voor haar. Nie 'n mooi man nie, net ongelooflik aantreklik en sterk. Duidelike tekens van gereelde Gym-werk te bespeur. Hy praat sag en met gesag.

"Ek is jammer, Juffrou."

Vir die eerste keer in haar lewe is Anneli onseker.

"Nee, nee. Ek moes gekyk het waar ek loop. Ek is jammer."

Dan stap sy so vinnig as moontlik uit. Wat gaan aan met haar. Dis of die elektrisiteit steeds in haar wese vonke maak. Wow, dis net nie hoe sy is nie. Maar dis waar dit eindig. Teen die volgende dag het sy dit al amper vergeet. Haar studies is so intens dat sy in elk geval nie tyd het om aan ander dinge te dink nie. In elk geval is die Hennie episode nog te vars in haar geheue. Daardie naweek gaan sy vir 'n verandering huis toe.

"Jy skeep ons af, my kind."

"Nie doelbewus nie, Mamma. Die werk is net so intensief en moeilik dat ek skaars bybly."

"Vertel."

112

"Ag, nie veel wat ander mense sal verstaan nie. Net gister 'n lykskouing gedoen. Nie ek alleen nie, ons hele klas. Baie interessant."

"Maar gril jy jou nie tot stilstand nie?"

"Aan die begin ja, maar nie meer nie. 'n Mens leer maar om jou te distansieer van die menslike sy daarvan, die lewe en die omstandighede van die persoon wat daar lê en sy mense. Teen die tyd dat ons die lykskouing doen is dit net 'n kadawer."

"Sjoe, dit klink klinies en koud."

"Seker, maar anders raak die dokter te emosioneel betrokke."

"Nouja, jy wil seker gaan opfris en so aan. Ons kuier vanaand alleen as jy nie omgee nie, my kind. Net ek en jy en Pappa. Werner is nog oorsee."

"Ideaal. Ek sal môre of so vir Julie bel en iets saam met haar doen."

Dis nie gereeld dat Anneli 'n hele naweek net kan ontspan nie. Daar is altyd net te veel werk.

Die Saterdag ontmoet sy vir Julie, wat om een of ander rede nie haarself is nie.

"Wat gaan aan, Jules?"

"Ag, sommer niks, ek het maar net lae bioritmes."

"Kan jy nie vir my vertel nie, Vriendin. Toe, uit daarmee."

Julie is afgetrokke en staar in die verte.

"Ek is maar net in 'n doodloopstraat. Niks werk uit nie."

"Praat dan met my."

"Dis my ouers. My pa is vir die tweede keer retrench. Ek is besig met 'n kursus by 'n kollege en ek sal moet opskop. Daar is net nie geld om voort te gaan nie. Ek gaan hierdie week vir 'n onderhoud as 'n sekretaresse."

113

"Jissie, dis jammer."

"Ek het jou daardie tyd al gesê jy is in die 'pound seats' gebore."

"En ek het jou gesê dis nie waar nie."

"Nou sê dan eerlik vir my, het jy enige studieskuld?"

"Wel nee, maar..."

"Maar niks nie, Anneli. Jy kan letterlik doen wat jy wil. Hoeveel mense is daar wat 'n moeilike, duur, en lang kursus soos medies kan doen sonder studieskuld?"

"Wil jy hê ek moet skuldig voel?"

"Dis nie wat ek bedoel nie, Anneli, ek gun jou elke oomblik daarvan en ek gun jou elke sent wat jy het, maar dit verander nog nie my situasie nie."

"Kom ons dink aan iets wat ons kan doen."

"Soos wat?"

"Ag nee man Julie. Jy sal niks bereik as jy so negatief is nie. Jy stel tog seker belang in iets. Kry 'n werk en studeer met afstandonderrig. Baie mense doen dit en bereik hoogtes daarna."

"Jy's seker reg, maar ek is op die oomblik so negatief ek kan skreeu. Ek kan doen wat jy sê, maar wat van my arme ouers. Dis die tweede keer dat hulle eenvoudig alles verloor. En hierdie keer gaan hulle heel waarskynlik die huis ook verloor."

"Dit gaan nog nie help om te sit en 'mope' nie. Jammer dat ek so hard op jou afkom, maar regtig. Dis tyd om positief te wees, nie negatief nie."

Julie besef wat Anneli sê is waar, maar sy wil nie verder daaroor praat nie.

"Nou toe, sê my hoe gaan dit met jou en Hennie?"

"Daar is nie 'n 'ek en Hennie' nie. Daai hoofstuk is verby."

"Wat? Maar julle was dan so gelukkig, Anneli. En Hennie is 'n catch. Jissie, julle is al van skooldae af saam."

"Ons het by mekaar verby geleef. Mekaar ontgroei. Ons belangstellings verskil so hemelsbreed. Nee wat, hy kan iemand anders baie gelukkig maak. Buitendien is ek in die pylvak en ek het nie tyd vir verhoudings nie."

"Slaan my dood. En die hele tyd staan ek ewe terug vir jou."

"Wat? Wil jy vir my sê ... ek glo dit nie."

"Wel, ek het niemand anders in my lewe nie. Ek is deesdae so 'n ou suurpruim geen man sal in elk geval in my belangstel nie."

"Ek sal jou nie keer nie. Ek bedoel as jy dalk in Hennie sou belangstel. Bel hom en nooi hom vir koffie."

Maar hulle het nie verder daaroor gepraat nie. Anneli is na die naweek terug Varsity toe en het al haar aandag aan haar studies gegee. Sy voel ellendig dat Julie se ouers so 'n slag toegedien is. Sy kan maar net hoop dat Oom Frank weer sal werk kry. Hulle is goeie mense en hulle verdien nog 'n kans.

***

Jakes is nou al gewoond daaraan om Johan te wees. Almal het ingeval by oom Lennie en hom Johan genoem. Dis net Nici wat hom soms Jakes noem, veral as sy 'n liefdesnaampie wil gebruik. Tog snaaks, die mense het hom Jakes genoem as 'n skeldnaam, wel dis hoe dit al die jare vir hom gevoel het. Dis asof die naam Jakes hom aan sy kinderdae in Fietas gebind het, en aan die kinderhuis. En tog aanvaar hy dit as sy vrou hom soms Jakes noem. Dan onthou hy, sy ma het hom nog nooit so genoem nie. Vir haar is hy Johannie, of Boetie. Ja, dis 'n

115

lang tyd vandat hy sy ma gaan haal het in Fietas. Vir die eerste keer noudat Nici verwag dink hy weer aan sy pa. Dit sou so lekker gewees het as sy kind kon grootword met 'n oupa wat haar of hom kon bederf en speel. Geskenkies gee en storietjies vertel. Dis wat ander mense se oupas en oumas doen, dink hy. Oom Lennie sou dit gedoen het.

Frikkie word sonder seremonie uit die council-huis gesit. Hy het maande laas sy huur betaal en verskeie waarskuwings van die munisipaliteit geïgnoreer. Sy verslete goed staan op die sypaadjie en die bure lê almal oor hulle heinings om te sien wat gebeur. Frikkie staan waggelend en kyk na al die gemors. Dan draai hy om en stap weg. Die goed is tog niks werd nie, dit kan daar staan. Wat de hel gee hy om. Hy wys lelike tekens vir die bure en gooi 'n klompie vloekwoorde in hulle rigting. Dan stap hy sommer net 'n rigting in. Hy voel aan die bottel in sy binnesak. Solank sy botteltjie net veilig is. Ja, dis al wat oorgebly het. Hy en sy botteltjie. Tot sy vrou het hom netso gelos en van daai klein bliksem praat hy nie eers nie. Ondankbare klein hel. Hy wat Frikkie is het net altyd sy beste vir sy kind gegee. Waar dink die klein swernoot het die kos vandaan gekom? En die dak oor sy kop. Kinders is ondankbare goed.

Frikkie word wakker onder die brug waar hy die nag geslaap het. Hy sit regop en die hongerpyne knaag aan hom. Sommer net so uit sy huis uit gesmyt. En dit oor hy net ses maande nie sy huur kon betaal nie. Net blerrie ses maande. Hy staan op en stap na die robot toe. Hy kyk na die swart vrou wat met 'n babatjie in die arms staan en bedel. Hy sal vir hom ook iets moet kry, 'n plakkaat of iets. Wat skryf hulle altyd daarop? Looking for a job. In

God we trust. Enigiets, hy sal selfs dit op die blerrie plakkaat skryf. Solank hulle hom net raaksien. Maar almal ry verby. Frikkie is nie 'n geduldige mens nie en hy wys vir hulle lelike tekens. Dan stap hy liewer weg. Hy moet iewers 'n dop kry. Toe die council mense by sy huis opdaag het hulle summier al sy goed uit die huis uit gesmyt. Goed en wel, dit was niks werd nie, maar dit was syne. Hy kon net 'n paar stukkies klere in sy dra-sak gooi. 'n Dra-sak wat ook al sy beste dae geken het. Hy sit op die bankie in die skuiling by die bushalte. 'n Bus kom aan, stop en ry as die bestuurder sien Frikkie staan nie op nie. Shit, hy moet 'n regmaker kry. Hy haal sy brandewynbottel uit sy dra-sak uit. Hy kyk daarna. Die bottel is amper leeg. Hy draai die prop af en drink behaaglik die laaste brandewyn. Hy smak sy lippe van die lekkerkry. Dan gooi hy die bottel sonder seremonie agter die skuiling in. 'n Polisiekar hou stil. Die man klim uit.

"Luister, wat gaan aan met jou? Jy kan dit mos nie doen nie."

"Wat het ek nou gedoen?"

"In die eerste plek is jy klaar dronk. Nou sit en suip jy openlik hier en smyt jou bottel net so neer. Minstens drie klagtes Pel. Kom saam."

Frikkie spring op en probeer weghardloop, maar hy's te dronk en te stadig. Die polisie sersant gryp hom stewig vas en druk hom in die kar in. By die stasie sit hy Frikkie se sak op die toonbank neer. Die konstabeltjie agter die toonbank kyk na sy senior.

"Waarvoor boek ek hom, Sersant?"

"Nee, jy boek hom nie. Laat die blerrie drommel net sy roes afslaap, ek bel solank die maatskaplike werker."

Die konstabel neem Frikkie deur selle toe en skryf dan sy sak in die nodige register. Hy bind 'n kaartjie aan die sak en bêre dit.

Frikkie gaan sit op die koue sementvloer. Wat gaat nou met die spul aan? Maar hy weet goed wat met hulle aangaan. Hy staar na die graffiti-muur. Hy dink aan die dag toe Younis hom so aangerand het. Blerrie vrou, na alles wat hy vir haar gedoen het. En daai blerrie Jakes wat sy hande vir sy eie pa lig. Dan wonder hy skielik. Daar moet nog 'n halfjack in die buitenste toilet se waterbak wees. Hy sal wragtag 'n draai by die huis moet maak en dit kry. Wanneer gaan die spul besef hy's onnodig en onregmatig toegesluit. Jy sluit nie nugter mense toe nie. Hel, waar gaan hy 'n dop kry?

Na amper 'n uur kom haal dieselfde poliesmannetjie hom. In die aanklagkantoor wag die sersant.

"Kom saam met my."

Frikkie word deurgeneem na 'n kantoor toe. In die kantoor sit 'n netjiese vrou met 'n glimlag vir hom en wag. Waarvoor sou sy so smile"

"Sit gerus, Meneer."

Meneer nogal. Frikkie gaan sit agterdogtig. Is sy nou 'n pastoor of 'n prekant of 'n ding?

Hy gaan sit en hou haar dop.

"Meneer eh ... wat is u naam asseblief?"

"Wat wil jy daarmee maak?"

"Wel, ek wil darem weet met wie ek praat.'

"Frikkie."

"Dis al 'n goeie begin. Frikkie, ek is Elsa Brits. Ek is 'n maatskaplike werker en ek wil hê jy moet weet, ek is hier om jou te help."

"Met wat nogal?"

"In die eerste plek kan ek sien jy hou nogal van 'n drankie van tyd tot tyd."

"So what? Almal maak 'n dop."

118

"Seker waar, maar ek dink dalk het jy hierdie keer net 'n bietjie te veel gedrink, dink jy nie so nie?"

Hy kyk net na haar sonder om te antwoord. Sy probeer weer.

"Frikkie, het jy al ooit in jou lewe te veel gedrink?"

"Nee."

"Seker?"

"Of course is ek seker. En wat het dit in any way met jou te doen?"

Die vrou gaan darem nie die hele tyd sit en gaaf wees nie.

"Frikkie, soos ek gesê het, ek wil jou graag help, maar as jy dit vir my wil moeilik maak, dan hou die polisie jou hier en vat jou môre hof toe sodat die landdros jou kan verwys."

"Verwys? Wat beteken dit?"

"Jy het hulp nodig, Frikkie, dis skaars tienuur in die oggend en jy is klaar dronk. Of dalk is jy nog steeds dronk."

Hy knyp sy een oog toe en kyk haar so skeef aan.

Elsa praat weer.

"Het jy familie?"

"Nie wat ek van weet nie. Die wat ek gehad het, het geloop."

"Jou vrou?"

"Ja. En sy't gesê tot die dood ons skei. Deur goed en deur sleg. Tot die dood..."

"Het jy kinders?"

"Die klein bliksem lig mos sy hand vir sy eie pa. Nee, hy's nie meer my kind nie."

"Nou kyk, ek gaan jou opneem in die kliniek."

"En as ek nie wil gaan nie? Wat gaat jy miskien doen?"

"Ek sê mos, ons kan altyd dat die hof daaroor besluit."

Frikkie kyk haar net vyandig aan.

"Wat is jou adres, Frikkie?"

"Ek het nie so 'n ding nie."

"Nou waar bly jy dan?"

Met bravado.

"Die wapad is my woning en die bottel is my koning."

Elsa Brits staan op. Sy maak die deur oop en wink die sersant nader.

"Ons gaan hom opneem. Hy het geen adres nie en geen mense nie, en hy het hulp nodig."

Hy knik. Dan draai hy na Frikkie toe. Frikkie staan sonder 'n woord op. Teen die middag is hy in die kliniek. Hy wou eers teëpraat, maar dan ruik hy die kosgeure wat van die kombuis se kant af kom. Nou okei, hy sal bly, al is dit net tot na ete. Shit, hoekom is hy so dors?

16

Nici kan nie wag om by die huis te kom nie. Sy het dinge om te doen. Vanaand is baie spesiaal. Toe Johan die voordeur oopsluit, hardloop sy na hom toe. Sy val in sy arms en slaan haar arms om sy nek.

"En nou? Het jy drooggemaak dat jy my so omhels."

"Ek wens jou geluk stupid."

"Geluk?"

Dan sien hy die eetkamertafel is mooi gedek. Daar staan selfs 'n ysbak met 'n bottel sjampanje in. Hy kyk na haar.

"Nou toe, wat gaan aan?"

"Maak eers die sjampanje oop."

Hy neem die bottel en draai versigtig die draadjie los. Dan wikkel hy die prop los. Hy gooi vir hulle elkeen 'n glasie en die borreltjies maak vrolike dansies in die glas.

"Nou toe, Nici."

"Baie geluk, Pappa."

"Nee, dis nie waar nie."

"Dit is. Tensy die dokter vir my gelieg het."

Hy tel haar hoog in die lug op en draai in die rondte. Dit was die laaste ding wat hy verwag het. Hy gaan pappa word!

Frikkie is al drie weke in die kliniek. Op die oog af reageer hy goed op die behandeling en werk selfs saam met die personeel. Die drang na alcohol is nog daar, maar dit gaan al baie beter.

Soos met al die pasiënte, roep Elsa hom gereeld in om sy vordering te bepaal.

"Jy lyk goed, Frikkie. Hoe voel jy?"

"Goed."

"Net goed?"

"Ja wel, wat anders wil jy hê moet ek sê?"

"Dis nie wat ek wil hê wat saakmaak nie, Frikkie. Jy moet goed voel oor jouself."

"Hoe?"

"Wat bedoel jy?"

"Ek het so baie opgeneuk in my lewe, hoe kan ek goed voel daaroor?"

"Frikkie, soos dit vir my lyk het jy alreeds baie om oor goed te voel. Jy lyk gesond, jy't 'n bietjie gewig aangesit ... ek dink regtig jy kan goed voel daaroor."

"Nouja, dan voel ek seker maar goed."

"Frikkie, ek wil jou 'n Vraag vra. As ons jou nou ontslaan. Wat sal jy eerste doen?"

"Eerste?"

"Ja, sal jy jou vrou gaan soek?"

"Ek sal 'n dop gaan koop."

"Ek dag jy sal jou mense gaan soek. Jou vrou."

"Nee, dis oor haar wat ek hier sit. Ondankbare bitch."

"Nou vertel my dan van haar. Wat het sy gedoen wat so lelik is?"

"Al die jare ... al die jare vandat ons getroud is ... ek het alles vir haar gedoen. Vir haar 'n huis gegee, kos, klere, alles, maar al wat sy kon doen is moun en nag. Jy weet hoe 'n vroumens kan raak."

"Nou maar waaroor het sy gekla?"

"Alles. Frikkie jy's alweer dronk. Frikkie jy moet werk kry. Frikkie gaan bad nou. Sê jy nou vir my, wie kan dit uithou met so 'n vrou?"

"Nee, dis maar moeilik. Maar was sy nie partykeer reg nie?"

"Met wat?"

"Het jy nie dalk maar 'n bietjie baie gedrink nie?"

"Ek het jou mos gesê ek het nie gedrink nie. Dis sy wat so gesuip het. En die aand wat sy weg is ... my betrek met 'n krieket bat en omtrent pap geslaan met haar dronk gat."

"Sonder enige rede?"

"Ja, ... en dan sluit julle my hier op soos 'n alchie."

"Frikkie, dink nou mooi. Ek het jou ons hulp aangebied en jy het die toelatingsvorm geteken. As jy wil kan ons steeds die hof kry om 'n verwysing te doen."

Frikkie kyk lank na Elsa sonder om iets te sê. Dalk moet hy maar bly. Die kos is nie sleg nie en 'n man het darem 'n bed en 'n dak oor jou kop.

Frikkie het gebly, en op die oog af het hy goed gereageer op die behandeling. Die probleem was om hom te motiveer om vol te hou met die rehabilitasieproses. Maar Elsa het goed besef dat die kans om terug te val groot is as daar niks is om voor te lewe nie. Dalk moet sy probeer om sy mense op te spoor. Maar as Frikkie niks sê nie, haar nie 'n kontaknommer of naam gee nie, kan sy nie veel doen nie.

"Frikkie, ek wil jou mense probeer opspoor."

Hy is dadelik ontsteld.

"Moet nou nie staat en krap waar dit nie jeuk nie. Hulle wil my nie hê nie en klaar."

"Dalk is jy verkeerd. Dalk wag hulle ook maar dat jy iets van jou kant af doen."

"Soos wat?"

123

"Gee vir my 'n telefoonnommer waar ek hulle kan bel. Jy het iets gepraat van familie op die Oos-Rand."

"My vrou se broer. Maar die Browns was nog altyd upstairs. Nee, los hulle uit."

Maar Elsa het die naam gehoor. Sy sal dit opsoek in die telefoongids. Daar behoort nie so baie Browns te wees nie. Toe Frikkie terug is na sy groep toe, neem Elsa die gids en begin blaai. Oos-Rand ... Brown ... A.J.Brown ... C.B Brown... Sy skryf die nommers neer. Dan is daar nog 'n Brown, maar dis 'n besigheid... A, daar is 'n huisnommer ook. Elsa skryf Hierdie nommers ook neer. Dan maak sy die gids toe en begin skakel.

"Goeie dag, is dit Meneer Brown se huis?"

"No, it's the wrong number, good bye."

Gmf. Ongepoets. Sy skakel die volgende nommer, maar dis ook vrugteloos. Dan skakel sy die nommer vir Lennie Brown Plumbers. Die foon lui op Jakes se lessenaar, maar hy is nie daar nie. Pike kom ingehardloop. Hy tel vinnig die gehoorstuk op, maar daar is niks aan die anderkant nie. O wel, hulle moet maar weer bel.

Maar Elsa Brits is desperaat. Sy skakel die huisnommer.

"Dis Mevrou Duvenage wat praat."

"Mevrou, ek is jammer, ek soek na 'n Meneer Brown."

"Nee Dame, dis Duvenage wat hier woon ... of wag, my man se Oom het eers hier gebly. Hy was Brown, maar hy is 'n paar maande terug oorlede."

"Dan mag ek dalk die regte nommer hê."

"In verband waarmee as ek mag vra?"

"Dame, dit gaan oor 'n Meneer Frikkie Duvenage."

"Frikkie Du... dis my man se pa."

"Ag dankie tog. Sal u dan weet waar ek Mevrou Duvenage senior in die hande kan kry?"

"Wel ja, ek wil nie graag sonder haar toestemming die nommer gee nie, maar ek sal my man vra om u te bel."

Elsa gee haar nommer en Nici skryf dit netjies neer. Sou daar dalk iets met Johan se pa gebeur het? Johan kom laat in die aand. Hy moes toerusting laat regmaak in Pretoria. Nici is al in die bed en vergeet om hom die boodskap te gee. Die volgende oggend net voor Johan ry, val dit haar by.

"Johan, ekskuus, daar het 'n vrou gebel gistermiddag. Sy wil met jou praat en ek het gesê ek sal jou die boodskap gee."

Sy gee hom die nommer en hy sit dit in sy sak. Met die dag wat probleme van sy eie oplewer, vergeet Johan om die vrou te bel. Dis eers teen die middag dat sy selfoon begin lui.

"Ek is jammer om te pla Meneer Duvenage, dis Elsa Brits hier."

"Kan ek help, Mevrou?"

"Meneer, ken jy 'n Frikkie Duvenage?"

Lang stilte. Sou daar nou iets met sy pa gebeur het?

"Wel dit hang af."

"Ek is jammer, ek verstaan nie. Is dit nie 'n geval van u ken hom of u ken hom nie?"

"Dame wie is u?"

"Ek is die maatskaplike werker by die Sonskyn kliniek. Meneer Frikkie Duvenage is 'n pasiënt hier by ons."

"O. Wel, hy's my pa. Kan ek help?"

"Meneer, kyk, ek weet nie wat die omstandighede is nie, maar ek kry die gevoel dat daar 'n verwydering tussen hom en julle is."

"As jy dit so wil stel, ja."

"Wil u my dalk vertel?"

"Nee."

"Meneer, kan ek dalk u moeder se nommer kry?"

"Nee. Ek gaan nie my ma ontstel met sulke dinge nie."

"Kan ek u 'n guns vra? Kan ons nie êrens ontmoet en daaroor praat nie? Kan u nie dalk na my kantoor toe kom nie?"

"Nee, ek sal jou iewers ontmoet. Ek moet môre Johannesburg toe kom."

Johan stap effens vroeg by die restaurant in. Hy soek 'n vrou wat aan Elsa se beskrywing voldoen, maar sy is nog nie daar nie. Dan kyk hy weer oor die mense en verbeel hom hy herken 'n stem. Kan jy glo, by 'n tafel aan die anderkant van die restaurant sit 'n groepie mans. Dis hy. Dis Woeste Willie. Hy kry 'n skielike begeerte om op te staan en na hulle tafel te stap. Hy wil daai Wille se ... nee, los hom, dis nie die moeite werd nie. Dan staan Willie en die res van die groep op en stap geselsend uit. Johan volg hulle met sy oë. Sy vuiste gebal op die tafel. Dan kom Elsa ingestap. Hy staan op en wink haar nader.

"Middag Meneer Duvenage, dankie dat u vir my gewag het."

Johan is gespanne. Hy het nie besef om iemand uit sy verlede te sien sal hom so ontstig nie. Toe hulle gaan sit is hy steeds nie homself nie.

"Waarmee kan ek help, Mevrou?"

"In die eerste plek, sê vir my Elsa asseblief. In die tweede plek, ek gaan nie doekies omdraai nie. Jou pa Frikkie, is by ons opgeneem vir alkohol misbruik."

"What's new?"

"Ek eh ... ek lei af dit kom al 'n tydjie aan."

"Ek dink nie ek het hom al ooit nugter gesien nie."

"Antwoord my asseblief op die man af en onthou ek is nie die vyand nie. Ek kan sien u is gespanne."

"Nee, nee, dit was iets anders wat my omgekrap het. Vra gerus wat u wil weet."

"Jou ma ... mevrou Duvenage. Vertel my van haar."

"Ek dag ons gaan reguit praat."

"Wat bedoel jy?"

"Wat jy eintlik wil weet is of my ma ook gedrink het. Jy wil weet of sy hom tot drank gedryf het. Die antwoord op albei vrae is nee. My ma het seker in haar hele lewe nog net een of twee glase wyn gedrink. Sy is stil en sag en die bliksem het haar verniel vandat ek kan onthou!"

Dit was dalk nie nodig nie.

"Ek is jammer Mevrou Brits, maar nou weet jy hoekom ek nie kliniek toe wou kom nie."

"Ja, ek verstaan. Het jou ma hom ooit aangerand?"

"Wat? Hy het haar daagliks tot niet geslaan."

Johan glimlag.

"Dit was tot daardie laaste aand toe sy my gebel het. Hy het haar weer geslaan en vir die eerste keer in haar lewe het sy teruggeslaan. Sy het hom behoorlik uit geslaan. Kyk, Mevrou Brits, as jy wil hê ek of my ma moet hom kom sien, dan kan ek jou noual sê, ek weier."

Johan staan op. Wat hom betref het hulle klaar gepraat.

"Ek sou dit graag wou hê. Jy sien, hy reageer goed op behandeling, maar julle is vir hom 'n blokkasie."

"Dan moet dit maar so wees. Ek wil niks met hom te doen hê nie. Ek wil hom nooit weer sien nie."

"En as hy nugter is ... gerehabiliteer bedoel ek?"

Johan kyk lank na haar.

"In my hele lewe het ek hom nog nooit nugter gesien. Ek sal hom nie ken as hy nugter is nie. Ek sal nie weet wat om vir die vreemdeling te sê nie."

"Jy's is baie bitter, Meneer Duvenage."

"Ja, ek is baie bitter. En as jy net die helfte weet van hoekom ek bitter is, sal jy verstaan."

Elsa is daar weg sonder om regtig iets uit te rig. Dis duidelik daar moes lelike dinge in die Duvenage huis gebeur het. Dalk kan sy later weer probeer om met hulle te gesels.

Johan ry by sy ma langs op pad huis toe. Hy het dalk te hard met die vrou gepraat, hy sal maar hoor wat sy ma sê.

"Maar Johannie, ek kan nie glo hy het by so 'n plek beland nie."

"Ek dink nie hulle het hom 'n kans gegee nie.?

"Maar dan sal hy dalk..."

"Ma moenie alweer staan en sag word nie. Hy sal nooit regkom nie, vergeet die blerrie man."

"My kind, ek hoor wat jy sê, maar ons mag nie oordeel nie."

"Nou laat die vrou dan hiernatoe kom as ma met haar wil praat. En as ma ingee dan weet ek wragtag nie."

"Dalk wil sy maar net inligting hê oor hom. Hy was mos darem nie altyd so nie."

"Ek het hom nooit anders gesien nie. Hy's 'n uitvaagsel en ek wil hom in my lewe nie weer sien nie."

"Jy's so hard Johannie..."

"Is ek sonder rede so hard? Luister Ma, ek het opgestaan en ek het probeer om iets te word. Iemand op wie Ma kan trots wees..."

"Maar ek is baie trots op jou my kind..."

"Maar wat ek ook al reggekry het was nie as gevolg van die opvoeding wat hy my gegee het nie. Ek was op

128

pad om net soos hy te word. 'n Blerrie no good gemors. Dis oor Anneli. Dis sy wat my oë oopgemaak het. Dis sy wat my laat dink het en laat besef het dat ek ook iets in die lewe kan wees. En dis Ma wat my laat besef het ek is in 'n doodloopstraat. Ek het hard gewerk, Ma, en ek werk nog elke dag hard. Ek wil 'n goeie man wees en 'n goeie pa."

Daar is trane in Johan se oë. Hy het nooit besef dat hy so erg sal reageer as hy weer blootgestel word aan sy verlede nie. Hy het gedink hy het dit verwerk en agter hom gesit, maar dis duidelik nie die geval nie. Hy voel skuldig dat hy so heftig gereageer het. Hy wil nie namens sy ma oor soiets besluit nie, maar kan sy dan nie verstaan nie?

"Boetie, dis alles reg, Ma sal nie weer na hom toe gaan nie. Dalk is daar maar net iets waarmee ek kan help."

Dis hoekom hy so bang is. Dis presies hoekom hy sy ma ten alle koste moet beskerm. Nie net teen Frikkie Duvenage nie, maar ook teen haarself. Sy is te sag. Sy sal maklik weer betrokke raak en weer in daardie maalkolk vasgevang word. Nee, hy sal self met daardie vrou praat as sy dalk weer bel. Hy gaan nie sy ma blootstel nie.

Nici kan sien dat iets Johan baie pla. Hy is stil en anders as gewoonlik. Iets moes seker by die werk gebeur het. Na ete gaan hulle sitkamer toe om te ontspan, maar Johan is afsydig.

Sy plaas haar hand op sy been.

"Vertel my."

Hy kyk skerp op. Is dit dan so duidelik?

"Dis ... nee wat, dis maar net die werk."

"Daardie een werk nie met my nie Johan, en jy weet dit. Vertel my wat jou pla."

Hy antwoord nie dadelik nie, maar Nici gee hom kans.

"Daardie vrou wat gister gebel het. Ek het haar vandag ontmoet. Sy's van 'n kliniek."

"Watse kliniek?"

"Vir drank. My pa is daar opgeneem."

"Maar dis goeie nuus. Johan."

"Nie vir my nie."

"Skaam jou my liewe man, hy's jou pa en iemand is besig om hom te probeer help. Sal dit nie wonderlik wees as julle mekaar sien en hy is nugter nie?"

Hy voel skuldig omdat hy nie skuldig voel nie. Hy voel skuldig omdat hy toegelaat het dat dit hom so ontstel. Nici bly simpatiek.

"Moenie nou dinge doen en dinge sê waaroor jy later spyt sal wees nie. Gee dit tyd."

"Daar's iets wat ek jou nie vertel het nie. Dalk praat jy nooit weer met my nie."

"Niks kan so erg wees dat ek nooit weer met jou sal praat nie, Jakes."

Hy wil nie meer Jakes wees nie. Hy wil nie meer aan die verlede dink nie,. Maar hy weet Nici noem hom so in 'n intieme oomblik. Sy kyk simpatiek na hom.

"Nou toe, vertel my wat so erg was ... of as jy nie daaroor wil praat nie dan..."

"Nee ek moet. Ek moes jou van die begin af vertel het. Ek was bang Nici. Ek was bang jy wil niks met my te doen hê nie."

Johan sit lank na die vloer en staar. Hy is seker Nici sal opstaan en loop. Hom net so los en teruggaan na haar lanie lewe toe. Daar was sy nie gekonfronteer met sulke dinge nie. Dan besluit hy dis een van die dinge wat hy moet doen. Hy het dit al klaar te lank vermy.

"Ek het 'n rekord."

As sy geskok is, dan steek sy dit baie goed weg.

"Die soort rekord wat ek aan dink?"

"Ja. Ek het een aand my pa ged. ... aangerand."

Steeds kalm.

"Vertel my."

"Hy was weer dronk soos altyd, maar dit was 'n Vrydagaand en dan is ... was dit altyd erger. Hy't my ma geslaan. Weer geslaan. Sy't geval en toe sy opstaan was daar bloed aan haar mond. Die Here weet ek kon myself nie keer nie. Toe hy my klap toe slaan ek hom plat. Hy't 'n saak teen my gemaak en ek was in die hof. Skuldig en gewaarsku. Die landdros was simpatiek omdat ek hom net een hou geslaan het."

"Maar dan het jy mos net jou ma beskerm."

"Dis hoe ek dit gesien het, maar dis aanranding. Hoe kan ek soiets verwerk?"

Daar is 'n lang pouse. Johan wring sy hande. Nici neem sy hand en gee dit 'n drukkie.

"Ek weet wat jy bedoel, en ek is trots op jou."

Hy kyk gesteurd na haar.

"Kyk, Johan, ek weet in my siel jy sou dit nie gedoen het as dit nie nodig was nie. Jy moes jou ma beskerm en dis hoekom ek trots is op jou. Kom ek stel dit so. Die man wat jy aan ... geslaan het, was nie jou pa nie. Hy was die persoon wat hy geword het wanneer hy onder die invloed was."

"Feit bly staan, Nici..."

"Feit bly staan dat jy hom nie onder gewone omstandighede sou aanrand nie. Sou jy?"

"Nee ... ek weet ook nie, ek was so 'n gemors. Een aand het ek en Tubby uitgeslip by die kinderhuis en na 'n

131

klub toe gegaan. Ons het een van ons onderwysers daar gekry en hom dik geslaan in die kleedkamer en ons het daaroor gelag. Dit was vir ons 'n groot prestasie."

"En toe?"

"Toe niks, ons het 'n alibi gehad. Ons was in 'n konsert van een of ander sanger. Die ander kinders het ons nie sien uitslip nie. Ons is terug soontoe en toe glo almal ons dat ons nooit weg was nie."

Nici is stil.

"Sien, ek het geweet jy sal nooit weer met my wil praat nie."

"Dis nie waar nie. Sê net vir my hoekom julle hom geslaan het."

"Hy was 'n vark. Hy't ons altyd ge-target. Op ons gepik en in die moeilikheid probeer kry. Veral vir my."

"En julle was heel onskuldig?"

"Nee."

"Maar dan is dit jou plig om dinge te gaan regmaak met hom. Om verskoning vra."

"Dis juis die punt. Dis hoekom ek so die hel in is vir myself."

"Ek verstaan nie."

"Al hierdie tyd, vandat ek by Oom Lennie gekom het. Ek het gedink, okei, ek het nou my lewe verander. My oë oopgemaak en iets van my lewe probeer maak."

"En dit baie goed reggekry."

"Jy verstaan nie. Ek het hom gesien toe ek vanoggend in Johannesburg was. Ek het vir die maatskaplike werker gewag in 'n restaurant, toe sien ek hom by 'n tafeltjie sit. Ek moes myself keer om nie op te staan en hom te bliksem nie." Wat gaan aan met my, Nici. Ek het wragtag niks verander nie."

"Jy het. En daar is niks verkeerd met hoe jy gevoel het nie. Feit is, jy het dit nie gedoen nie."

"Maar ek wou."

"Luister, Johan, ek het ook al baie keer as ek iemand sien uit my verlede, gevoel ek wil hulle bydam. Iets aandoen vir hoe ek verneder is op skool. Dit sal altyd deel wees van ons lewens. Moenie so ontsteld raak daaroor nie. Kom net by die punt waar jy daardie persoon vergewe en jouself ook en probeer dan om dit te vergeet."

Hy neem haar hand en soen dit innig.

"Jy is die beste ding wat nog ooit met my gebeur het, Nici."

"En Anneli?"

Hy kyk skerp na haar. Kan dit wees dat sy jaloers is op Anneli?

"Wat van Anneli?"

"Jy is duidelik baie erg oor haar."

"Pla dit jou?"

"Nie in die minste nie. As jy haar wou gehad het sou jy tog seker by haar gewees het."

"Snaaks, ek het nooit so gevoel oor haar nie. Ek het net 'n ongelooflike respek vir haar gehad. Sy het my so baie dinge geleer. Sy was my mentor wat my laat besef het ek kan ook iets werd wees."

"Ek sal haar graag eendag wil ontmoet."

"Is jy ernstig?"

"Ja."

"Nee wat, ek sal haar nooit weer sien nie. Sy is op 'n ander planeet."

Die ding met sy pa en Elsa Brits pla Johan dae lank. Hy is veral ontsteld omdat hy homself nie kon beheer nie.

Die weke gaan verby en hy hoor niks verder van Elsa Brits nie. Hy begin beter voel oor die hele gedoente. Dalk het sy maar moed opgegee.

17

Johan is in 'n opgewekte bui toe hy die dag huis toe ry. Hy kry Nici in hulle slaapkamer.

"Nici? Jy't gehuil, my vrou."

"Nee, dis niks nie."

"Hoe sê jy altyd? Daai een werk nie met my nie. Vertel my wat jou so ontstel."

Sy kyk by die venster uit oor die tuin en voel nogal heeltemal in beheer van haarself. Maar toe sy begin praat, breek die sluise weer oop.

"Dis my ouers. Hulle was hier."

"En, is daar fout?"

"Hulle moet die huis ontruim. Dis glo verkoop."

"Maar dan soek ons vir hulle 'n ander een."

"My pa ... hy kan nie meer 'n huis bekostig nie. Sy mynpensioen is nie genoeg nie. Hulle was juis agter met die huur."

Johan sit sy arm om haar tenger skouertjies.

"Ons gaan 'n plan maak."

"Maar wat? Ek is al suf gedink."

"Kom, ons gaan na hulle toe."

"Nou?"

"Ja."

"Nee Johan, hulle is ontsteld en skaam."

"Kom."

Daar is 'n finaliteit in sy stem as hy sy hand na haar toe uithou.

"Ons sal saamstaan. Ons sal hulle help."

"Hulle sal nie hier kom bly nie, hulle sal nie in ons pad wil wees nie."

"Dis reg so. Ons sal 'n ander plan maak."

"Dankie my man, dankie."

"Ek mag 'n fieta wees, maar ek weet wat is reg en verkeerd."

"Ek het jou gesê jy moet nooit weer na jouself as 'n fieta verwys nie."

Hy glimlag.

"Net wanneer ons heeltemal alleen is."

Johan se kop werk in hoogste versnelling. Pa Bertus is die enigste pa wat hy ooit geken het, natuurlik na oom Lennie. Pa Bertus het vir hom die beste vrou in die wêreld grootgemaak, hy moet hom net eenvoudig help. Dan dink hy skielik aan 'n oplossings, maar hy sê nog niks vir Nici nie.

Agter die besigheid is 'n ongebruikte woonstel. Die plek lyk aardig, maar Johan het planne daarmee. Hulle het juis 'n inbraak gehad 'n rukkie gelede. Hy sal die plek regmaak en nuut uitverf. Die tuintjie opknap en alles. Hy wil Bertus nie in die verleentheid stel nie en daarom stel hy dit voor as 'n gesamentlike projek. Johan is effens skaam om die plek vir Bertus te wys, en hy kan nou verstaan hoekom Lennie dit so laat verwaarloos het. Nee, Bertus se situasie is net die motivering wat hy nodig gehad het om die plek reg te ruk. Hy nader Bertus nogtans versigtig.

"Pa Bertus sal moet help. Ek het dringend iemand nodig. Die plek staan in elk geval leeg. Ek het darem 'n bietjie kontant om dit mee te doen."

"My liewe kind. Sê net wat ek moet doen."

"In die eerste plek gaan ons 'n paar mure uitbreek en alles binne-in oordoen. Ons maak 'n oopplan leefarea met 'n mooi kombuisie. Daar's twee slaapkamers. En ons bou 'n behoorlike afdak en 'n kuierplek."

"Dis te veel. Dan gaan die plek te duur word."

"Daar moet 'n kuierplek wees. Ek gaan nie kom braai in die son nie."

"Johan, sit net eers dat ons praat."

Hulle sit buite waar die vrouens hulle nie kan hoor nie.

"Pa Bertus. Luister nou na my. Julle is my vrou se ouers. Julle is my familie. Jy is die enigste pa wat ek het. Moet asseblief nie skuldig voel oor my voorstel nie, want jy gaan self help om die plek reg te kry. Wat noem hulle dit? Jou hande uit jou moue steek."

"Dis nie vir my 'n probleem nie, Johan. Wat wel 'n probleem is, is dat ek nie veel kan betaal nie en jy moet jou uitgawes op die een of ander manier opmaak."

"En ek sal."

"Hoe?"

"Pa word my opsigter. Nie enige werk nie, maar as ek iemand op die perseel het, sal die inbrekers darem 'n bietjie versigtiger wees."

Bertus kyk lank na Johan. Dan vra hy versigtig.

"En die huur?"

"Nee, daar is nie huurgeld nie. Dis huis is Pa Bertus se vergoeding."

"Magtag Johan, maar dis 'n uitkoms vir ons. Met my pensioentjie sal ons lekker kan deurkom. Dankie my kind."

"Die een hand was die ander."

Johan het onmiddellik 'n bouer gekry. Gelukkig is daar 'n paar mense wat hom 'n gunsie skuld. Nie dat hy daarvan misbruik sal maak nie, maar dit help darem om vinnige en goeie diens te kry.

Bertus hou toesig. Dis vir hom en Magriet 'n uitkoms. Hulle wil net nie 'n oorlas van hulle self maak nie. Die bouery verloop glad en uiteindelik lyk die huisie pragtig. Binne is alles oopplan met die lieflikste kombuisie. Die kamers is goed ingerig en die woonvertrek loop uit op 'n onderdak patio met 'n ingeboude braai. Johan is ingenome dat hy sy skoonouers kon help. Hy sou nooit daardie hartseer in Nici se oë kon hanteer as haar ouers nie 'n heenkome gehad het nie.

Die eerste Saterdagmiddag nadat Bertus en Magriet ingetrek het, kom Johan en Nici oor. Bertus steek trots die braaivuur aan en dan draai hy om na Johan toe.

"Ek is trots om jou as skoonseun te hê Johan. Dankie vir wat jy vir ons doen."

Dan draai hy vinnig om na die vuur toe en krap in die kole.

Nici kyk met bewondering na haar man.

"Dankie my man. Dankie dat jy hulle help."

Hy knik net sy kop. Hy is bang hy kry trane in sy oë as hy dink aan sy eie ouers se benarde posisie. En dan suip sy pa elke sent uit wat inkom. Nee, hy wil nie vandag aan sulke negatiewe dinge dink nie.

Nici weet daar is iets wat Johan pla. Sy weet net nie hoe om dit aan te spreek nie. Al wat sy kan doen is om hom te ondersteun. Daar te wees wanneer hy haar nodig het. Nici besef dat Johan nog nie naastenby die trauma van sy kinderjare verwerk het nie. Dit pla haar net dat hy nie bereid is om sy pa te vergewe nie. Almal is geregtig daarop om vergewe te word vir die foute wat hulle in die lewe maak.

Frikkie is al 'n paar maande in die kliniek. Hy het nou net mooi genoeg gehad van die spul daar. Elsa is soos 'n klein hondjie wat 'n bus jaag. Wat sou die vrou se probleem wees? Hy het mos nou ophou drink, wat wil sy nou nog van hom hê. Vandag moet hy haar weer gaan sien. Om wat vir haar te sê?

"Sit, Frikkie."

Hy gaan sit en kyk by die venster uit.

"Frikkie, jy is nou al meer as vier maande hier."

"Ja."

"Ek moet jou gelukwens. Jy lyk baie goed. Jou gesondheid is volgens die dokter baie goed en jy is nou gereed om huis toe te gaan."

Hy kyk skerp op na haar. Waar is huis? Hoe kan hy huis toe gaan as hy nie soiets het nie. Selfs die klere wat hy het kom alles van die welsyn af. In die straat slaap is al wat hy kan doen. Bedel op die robot, maar dit het hy al uitgevind is moeiliker as wat dit klink.

"Hoor jy wat ek sê Frikkie?"

"Ja."

"Jy lyk nie baie ingenome daarmee nie."

"Waarnatoe moet ek gaan?"

"Kyk, ek besef jy het nie 'n huis nie, maar jy kan na jou seun toe gaan."

Hard.

"Nee."

"Julle sal die een of ander tyd hierdie verwydering moet aanspreek, Frikkie. Jou seun lyk vir my na 'n goeie mens. Hy het 'n besigheid en dit lyk of dit baie goed gaan met hom. Met jou vrou ook as ek reg verstaan."

"Hulle het my net so gelos."

"Frikkie, bitterheid gaan nie die situasie verbeter nie. Jy is nou gereed om weer jou plek in die samelewing vol te staan. Kom ons bel jou seun. Ek het sy nommer."

"Ek sê jou mos ek wil hulle nie sien nie."

"Goed, ek kan probeer om vir jou 'n plek by die Heilsleer te kry. Maar dit sal net tydelik wees. En jy sal moet werk kry."

"Watse werk?"

"Ag nee kom nou, Frikkie. Jy is goed met jou hande. Kyk wat het jy nie alles hier in die kliniek reggemaak. Ek sal jou help om werk te kry."

Frikkie antwoord nie. Hy kan nie hier weg nie. Goed, hy sal nie weer drink nie, maar werk is skaars. Nee, hy voel onseker. Daardie tyd in Jan Bom ... hy't darem van tyd tot tyd iets gekry om te doen, maar toe het dit ook opgedroog. Hier kry hy darem kos en 'n slaapplek. Hy het nie meer daardie bravade van 'n rukkie terug nie. Hy besef hy het 'n drankprobleem gehad ... of dalk het hy dit nog. Hoe sê hulle? Ek is Frikkie Duvenage en ek is 'n alkoholis. Ek sal weer drink, maar nie vandag nie. Dan kyk hy hulpeloos na Elsa.

"Ek kan nie weggaan nie. Ek sal nie regkom nie."

Sy sien die wanhoop in sy oë. Sy weet hoe pasiënte voel wanneer hulle weer op hulle eie is. Party kom nooit weer terug nie, maar daar is 'n groepie van hulle wat baie gou weer terug is.

***

Elsa Brits skraap die moed bymekaar om Johan weer te bel. Sy sal hom op die een of ander manier moet oortuig om sy pa te kom sien.

"Meneer Duvenage, moet asseblief nie die foon neersit nie."

Hy herken Elsa se stem. Hy weet sy wil weer oor Frikkie praat en hy het nie die krag daarvoor nie. Hy het wel Nici se pa gehelp, maar dis anders. Bertus vergryp hom nie aan drank nie. Hy slaan nie sy vrou nie. Hy loop nie heeldag en skoorsoek en vloek nie.

"Waarmee kan ek help, Mevrou?"

"Jou pa is gereed om ontslaan te word. Ek het voorgestel hy praat met jou maar hy..."

"Ja ek weet. Hy weier. En dit sê mos nou duidelik vir jou hy wil niks met my te doen hê nie. Los hom dat hy self regkom."

"Hy's skaam, Meneer Duvenage. Hy weet nie hoe om jou in die oë te kyk nie."

"Kyk, ons praat verniet. Ek wil hom nie naby my hê nie."

"En jou ma?"

"Wat van haar?"

"Voel sy dieselfde?"

Hy is effens onkant gevang. Hoe voel sy regtig? Sal sy weer die bande met Frikkie wil optel? Wat as hy weer begin drink?

"My ma is gelukkig soos dinge nou staan."

Elsa moes onverrigter sake die oproep beëindig. Ja, sy het voor die tyd geweet Frikkie het sy mense lelik mishandel en dis nogal logies dat hulle niks met hom te doen wil hê nie. Tog moet sy probeer om dinge te normaliseer. Hulle dalk weer bymekaar te kry.

Toe Frikkie die dag moet gaan is hy baie senuweeagtig. Waarheen sal hy gaan?

"Ek het nêrens om heen te gaan nie Mevrou Brits. Kan ek nie maar hier bly nie? Ek sal werk vir my verblyf. Ek sal doen net wat julle wil hê."

Dis vir Elsa baie moeilik, maar daar is ander mense wat die akkommodasie nodig het. Ander mense wat gehelp moet word. "Kyk Frikkie, ek sal hoor of hulle plek by die Heilsleer het. Maar jy moet vooraf weet dit gaan net tydelik wees. Jy sal moet werk soek en verblyf ook. Wil jy nie maar jou trots in jou sak steek en na jou mense..."

"Nee! Ek kan nie. Jy sê mos hy wil my nie daar hê nie."

Elsa het vir Frikkie plek gekry by die Heilsleer, met die voorwaarde dat hy moet besef dit gaan net tydelik wees. Sy neem hom die dag self soontoe. Die plek is onvriendelik. Hier sit iemand op 'n bank onder 'n boom, daar stap 'n mankoliekige vrou. Dis stil en koud. Die personeel is nie oorvriendelik nie. Of verbeel hy hom net? Die Kaptein kom praat self met hom. Hy is ten minste 'n bietjie vriendeliker.

"Kyk Meneer Duvenage, ons het die kamer beskikbaar net vir 'n kort rukkie. Jy sal moet werk kry, maar toemaar, ons sal jou help soek."

Hy knik net. Hy kan vir seker nie lank hier bly nie. Nee, dis nie sy soort plek nie. Na amper 'n week het hy skaars met drie mense gepraat. Almal kyk hom agterdogtig aan. Die R100 wat Mevrou Brits hom gegee het is amper op en hy het nog nie hond haaraf gemaak met die werksoekery nie. Hy stap hom elke dag moeg en hulle kyk hom almal aan asof die kat hom ingedra het. En die Kaptein begin ongeduldig raak. Al wat positief is, is dat hy 'n dak oor sy kop het en kos om te eet.

18

Johan dink elke nou en dan aan sy pa. Hy dwing die gedagtes telkens op die agtergrond en na 'n rukkie word dit minder en minder. Nee, hy kan sy ma nie weer aan Frikkie Duvenage blootstel nie. Hoeveel jare het hy haar nie verniel en mishandel nie. Sy begin nou maar eers weer mens word. Sy ontspan deesdae en sy lyk nie meer so onversorg en verwaarloos as toe sy hier gekom het nie. Vandag voel hy weer of iets hom jaag, maar hy sal nie ingee nie. Tog, die middag nadat hulle gesluit het, ry hy by die Townhouse langs.

"Hallo Antie Sharon. Is Ma hier?"

"Hallo Johan, ja nou net teruggekom. Jy weet mos, daai Vrydagmiddag se hare doen. Sy't net gou haar goedjies gaan neersit. Koffie?"

"Ja dankie Antie Sharon."

Younis kom ingestap toe sy die stemme hoor.

"Ek dag dis jou stem. Hallo Johannie."

Sy vat skaam aan haar varsgedoende hare.

"Ek het alweer jou geld gaan mors."

"Ma lyk baie mooi."

Hy soen die voorkoppie en hou haar hand vas toe sy by die eetkamer tafeltjie gaan sit. Hoe moet hy haar vertel van Elsa Brits se oproep? Hy is nie lus om dit te doen nie,

142

hy wil haar teen haar verlede beskerm. Tog, sy moet weet van Frikkie.

"Ma, 'n Maatskaplike werker het my gebel."

"Hoekom?"

"Sy's van die kliniek waar hy opgeneem is."

Maar Younis is afgestomp oor Frikkie. Sy herleef weer die mishandeling van meer as twintig jaar. Daar is 'n frons op haar voorkop wanneer sy antwoord.

"En wat wil sy hê?"

"Sy wil hê ons moet hom sien want hy is al 'n week gelede ontslaan en hy..."

Johan sien die reaksie en val homself in die rede.

"...toemaar, ek het vir haar gesê ons wil niks met hom te doen hê nie."

Sy knik net haar kop, maar dis duidelik Younis is ontsteld. Hoeveel jaar het sy uitgehou en gehoop, gebid dat dinge sal verander? Hoeveel keer is sy aangerand oor niks. Bloot omdat hy dronk was? Dinge het nou net begin goed gaan en nou weer hierdie. "Die Here moet my vergewe Johannie. Die Here moet my vergewe, maar ek het genoeg gehad."

Johan druk haar hand wat bewe in syne.

"Dis reg, Ma. Ek het haar gesê."

Johan weet hy kan nie iets vir Nici wegsteek nie. Hy is vir haar 'n ope boek.

"Daardie maatskaplike werker het weer gebel vandag. Sy wil hê ek moet my pa sien."

"En gaan jy?"

Beslis.

"Nee!"

Nici kyk na haar man se seer gesig. Hoeveel het hy werklik verduur in sy kinderjare. Hy kyk by die venster uit, dan praat hy sag.

"Ek onthou een van die ouens by die skool het eendag vertel hoe hy en sy pa bal geskop het. Hoe hulle visgevang het en saam gaan kamp het. Ek was jaloers. Ek wou so graag al daardie dinge saam met my pa doen, maar hy het net gesit en suip en my en my ma geslaan vir sy plesier. Ek haat die bliksem!"

Nici gaan stil agter hom staan en slaan haar hande om sy middel.

"Dis verby, Johan. Ons moet nou vorentoe kyk."

"Hoe? Hoe kyk 'n mens vorentoe as daai spoke elke dag om jou kop draai en jou beskuldig?" Hoe kyk jy vorentoe as jy sien hoe ander kinders se pa saam met hulle bal skop in die parkie? Hoe kyk jy vorentoe as jy sien hoe ouers saam met hulle kinders inkopies doen en lag? Inkopies doen? Wat is dit? Vinnig by die bottelstoor in en jou geld in kleingeld staan en aftel. Okei, dan sal ek maar 'n half-jackie vat. Van inkopies soos kos en klere was daar nooit sprake nie, wat nog te sê saam kuier op 'n Sondag. Saterdag saam sport kyk op TV.

Hy kyk steeds deur die venster, maar sien niks raak nie.

"Toe ek na Oom Lennie toe gekom het, het ek een dag in die park op 'n bank geslaap. Die swart opsigter het my gesien en toe iemand my tas wou steel het hy hulle verwilder. Toe ek daar opstaan en ek kom agter wat gebeur het, toe dink ek aan eendag toe ek by ons huis in Jan Bom aan my fiets gewerk het. My pa het op die voorstoep op die bank gesit, hoogdronk. Ek moes ingaan om iets in my kamer te gaan haal en toe ek uitkom was my fiets weg. Ek het hulpeloos na hom gekyk en gevra 'maar kon Pa nie die bliksem wegjaag nie?' Hy't my met 'n dronk grinnik aangekyk en gesê, 'pas jou eie blerrie goed op.' En hier help 'n wildvreemde man my in die park.

144

'n Swart man. En ek is geleer swart is vuil. Swart is substandaard en sleg.

Ja, ek weet ons moet vorentoe kyk, maar sê my net hoe."

Nici verstaan vir die eerste keer werklik hoe diep die seer lê. Sy trek Johan op die bank langs haar neer.

Johan, wat ek nou gaan sê gaan jou heel waarskynlik kwaad maak."

"Moet dit dan liewer nie sê nie."

"Nee, ek moet. En jy gaan jou nie vir my vererg nie, want ek probeer jou help. Ek is lief vir jou en ek wil hê jy moet vrede maak met die verlede."

Sy kyk 'n rukkie na hom en toe hy effens knik, gaan sy voort.

"Kom ons reël vir jou terapie."

Hy swaai om.

"Wat?"

"Ek het gesê jy moet jou nie vererg nie."

"Watse terapie?"

"By 'n sielkundige."

Johan kyk lank na sy vrou. Hy probeer nou al hoeveel jaar om sin te maak uit sy omstandighede. Hy probeer al hoe lank om te verstaan en aan te gaan met sy lewe. Dalk is Nici reg. Dalk moet hy tog met iemand praat."

"Reël dit."

Sy's verbaas dat hy so maklik instem.

"Regtig?"

"Regtig. Ek weet nou ek sal nooit op my eie regkom nie."

Nici staan op en gooi haar hande om Johan se nek.

"Ek is so oneindig baie lief vir jou."

"Selfs al is ek 'n..."

"Jy gaan dit nie sê nie."

Wat het hy gedoen om so 'n wonderlike vrou in sy lewe te hê?

Johan se terapie het amper uit die staanspoor gehelp. Dis asof hy met minder wrewel en haat aan sy pa kan dink. Nee, hy wil hom nie sien nie, maar hy haat hom nie meer so fel nie. Die haat is nou meer net 'n afkeer. Die wraakgedagtes is nie meer so helder nie.

Frikkie stap by die onderneming se voordeur in. Hy lyk eenvoudig, maar netjies. Hy kyk na die vrou agter die ontvangstoonbank. Hy is senuweeagtig, maar hou hom sterk.

"Môre Mevrou. My naam is Frikkie Duvenage en ek het dringend werk nodig."

"Watse werk?"

"Wel, ek sien julle doen herstelwerk aan meubels. Dis wat ek kan doen."

"Nee, ons het nie poste beskikbaar nie."

Dan gaan sy aan met haar werk en Frikkie staan 'n rukkie net na haar en kyk. Dan draai hy stadig om en stap uit. By die deur kyk hy 'n oomblik terug, maar die vrou sien hom nie eers raak nie. Hy gaan sit op 'n bankie langs die straat. Hy is moedeloos. Hy moet teen die naweek uit sy kamer uit en hy het geen oplossing vir sy dilemma nie. Hy staan na 'n rukkie op en stap doelloos sommer in enige rigting. Hy probeer. Hy probeer wragtag. Dan staan dit helder in groot letters voor hom. Everything comes together with a Castle.

Nee! Hy het Mevrou Brits belowe. En nevermind Mevrou Brits. Hy het homself belowe hy sal nie weer drink nie. Frikkie staan 'n paar oomblikke stil. Hy klem sy hande so styf dat sy naels in sy handpalms insny.

"Here help!"

Die kreet skeur uit sy binneste uit. Hy besef nie eers dat hy die Here aangeroep het nie. Hy voel hoe die sweet op sy voorkop uitslaan. Hy knyp sy oë styf toe. Hoe lank hy so gestaan het weet hy nie. Hy is nie bewus van sy omgewing nie. Hy sien en hoor nie die mense wat in alle rigtings stap nie. Dan kom hy stadig maar seker terug tot die werklikheid. Hy stap doelgerig, tree vir tree in die rigting van die Heilsleer se koshuis. Hy stap na die Kaptein se kantoor toe. Hy bewe toe hy op die stoel voor die Kaptein se lessenaar gaan sit.

"Jy moet help, Kaptein. Jy moet wragtag help."

Frikkie laat sy kop in sy hande sak. Die bloed klop in sy ore. Hy hoor die Kaptein se simpatieke stem.

"Vertel my wat gebeur het, Frikkie."

"Dit was amper, Kaptein. Dit was wragtag amper."

Hy kyk hulpeloos in die man voor hom se oë.

"Laat ek net nog een week hier bly, asseblief. Net een week."

Die Kaptein weet. Hy sien hierdie soort ding gereeld.

"Frikkie, ek is bly jy het na my toe gekom. Ons 'handyman' gaan weg. Jy kan vir 'n rukkie aanbly en ons help met instandhouding. Jy kan sy kamer hier agter kry."

"Ek sal my hande stompies werk, Kaptein, ek sal wragtag hard werk. Dankie, dankie."

"Jy sal net self die plek moet uitverf."

Frikkie is soos 'n kind wat sweets gekry het. Hy begin die volgende oggend om die kamer skoon te maak. Dis baie basies, 'n tipiese bediendekamer met 'n toilet, 'n stort en 'n wasbak. Die toilet is stukkend en verstop, maar Frikkie maak dit baie gou reg. Hy maak die stort weer dig met goed wat die Kaptein hom gegee het. Teen die aand het hy die kamer klaar uitgeverf. Hy wil graag sy goedjies gaan haal, maar die verfreuk is te erg. Hy maak die venster oop en draai dit stewig vas dat die wind dit nie kan losruk nie. Dan gaan hy badkamer toe om sy hande te was voor ete.

19

Anneli staan in die leë vertrek en kyk rond. Sy stap deur na die volgende vertrek toe. Sy sal vandag nog moet besluit. Na 'n rukkie se heen en weer stappery van die een vertrek na die ander, knik sy haar kop ingenome. Die voorste vertrek is die ideale ontvangs, dan is daar twee vertrekke wat as spreekkamers kan dien, of vir toerusting, 'n vertrek vir die admin afdeling. Ideaal. Dan lui haar foon.

"Dis Anneli Botes."

"Hi, dis Julie. Kan jy praat?"

Anneli kan hoor Julie is nie haarself nie.

"Wat pla?"

"Sê eers, kan jy praat?"

"Ja ek kan."

"Anneli, ek is moedeloos. My firma maak toe. Ons almal moet baie vinnig ander werk kry. Wat gaan ek doen?"

Anneli kan nie haar geluk glo nie.

"Kom hiernatoe, dan praat ons."

"Waar is hier?"

Anneli geen haar die adres. Dan stap sy doelgerig deur toe. Sy sluit nie die deur nie en stap na die drankwinkel skuins oorkant die kamers. Sy stap na die koelkas toe en haal 'n bottel koue vonkelwyn uit. Sy sit dit in die trollie en stap tussen die rakke deur. Sy koop twee goedkoop, plastiek langsteelglase en stap met 'n glimlag na die kasregisters toe. Op pad gryp sy sommer 'n pakkie skyfies van 'n rak af. Sy betaal en stap uit. Toe sy by die kamers instap, sien sy 'n kartondoos in die een vertrek. Sy draai dit om sodat sy dit as tafel kan gebruik. Dan sit sy die bottel koue vonkelwyn en die twee glase wat sy uitgespoel het daarop neer. Sy sien Julie by die deur en wink vir haar om in te kom. Julie se mond hang oop.

"Hi Anneli. Wat gaan aan?"

"Ons celebrate, Vriendin."

"Wat nogal?"

"My nuwe spreekkamers en my nuwe ontvangsdame."

Julie kyk haar in ongeloof aan.

"Sê jy wat ek dink jy sê?"

"Jip."

Dan maak sy die bottel vonkelwyn oop en skink die twee glasies vol. Sy gee een vir Julie.

"Kan ons dit amptelik maak?"

Die twee vriendinne sit plat op die vloer en drink die hele bottel vonkelwyn uit. Dan kyk Anneli met 'n glimlag na Julie.

"Jy besef seker nie een van ons twee kan nou bestuur nie."

"Wat gaan ons maak?"

"Wel, ons sal maar die tyd moet omkry op die een of ander manier. Hier's 'n oulike eetplekkie in die sentrum."

Dit was die begin van Anneli se praktyk. Die werk was vir Julie 'n uitkoms en so ook was Julie se verleentheid vir Anneli 'n uitkoms. Uit die aard van die saak was dinge maar stadig aan die begin, maar die klompie pasiënte wat van die hospitaal af saam met Anneli gekom het, was haar redding. 'n Goeie dokter se naam loop hom of haar vooruit. Anneli voel gerus met die admin in Julie se hande en Julie is dankbaar vir die geleentheid. Dis 'n situasie wat vir albei tot voordeel is. Die Townhouse wat Anneli gehuur het is redelik naby en sy en Anneli kuier oor en weer na werk.

"En hoe gaan dit met jou ouers?"

"Baie goed. My broer se onderneming het iemand nodig gehad met my pa se 'skills' en Bob's your uncle. Dis net ek wat 'n loser is."

"Jy was nog nooit 'n loser nie. Almal kom van tyd tot tyd in 'n moeilike situasie. 'n Mens moet net nie moed verloor nie, want dan verloor jy ook perspektief."

"Ja, jy is steeds die wyse een. Altyd raad vir ander. Dit laat my dink. Het jy nooit weer van daardie vent gehoor nie?"

"Watter vent?"

"Daai ... Jakes van die kinderhuis wat jou met leepoë aangestaar het."

"Nee, nooit weer nie. Ek wonder steeds wat van hom geword het."

"Ook maar goed so."

"Ag komaan Julie, die ou het net 'n rigtingwyser of twee nodig gehad."

"Wel, ek is bly hy is uit ons almal se lewens uit."

"Come to think of it, ek wonder hoe dit met hom gaan."

"As jy my vra sit hy in sel nommer honderd-en-tien in die sentrale gevangenis."

"Sies Julie. Wie's ons om te oordeel?"

"Luister, Anneli, jy weet ek is reg. Hy was daai tyd al in 'n doodloopstraat."

151

***

Johan is in die werkswinkel besig toe sy kantoorfoon begin lui. Hy wil dit gaan antwoord, maar Pike is klaar daar.

"Hallo, Lennie Brown plumbing."

"Goeie môre. Met wie praat ek?"

"Dis Pike wat praat, kan ek help?"

"Meneer, ek is op soek na 'n loodgieters maatskappy wat my kan help. Ek is 'n skoolhoof en ons het besluit om al ons badkamers en kleedkamers oor te doen en te moderniseer. Storte vervang en toilette, jy weet wat ek bedoel."

"Dis ons werk, meneer."

"Mooi, maar sê my waar is julle besigheid?"

"In Benoni, Meneer."

"Dan gaan dit seker 'n probleem wees, want ons is in Johannesburg."

"Geen probleem nie, Meneer ... eh..."

"Burger. Ben Burger."

"Nouja Meneer Burger, ons sal kom kyk na die werk en dan vir u 'n kwotasie gee en dan kan u besluit. Terloops, as die werk so groot is, vra ons nie 'n roepfooi nie."

"Pragtig."

Burger gee die adres en sit tevrede die foon neer.

Op daardie oomblik kom Johan in die kantoor ingestap. Pike glimlag breed.

"Groot joppie in Johannesburg. Ek sal môre gaan kyk en dan 'n kwotasie uitwerk."

"Mooi. Watse werk is dit?"

"'n Skool wat hulle badkamers wil moderniseer."

"Klink goed."

"Ja, die hoof, meneer Burger klink baie positief."

"Burger? Ben Burger?"

"Ja, ken jy hom?"

"Ek was in sy skool en hy het my elke dag gebliksem. Luister Pike, ek wil graag self gaan, as jy nie omgee nie. Toemaar die bonus kom na jou toe. Ek wil net graag self met die man praat."

"Mmmm... ek dink ek verstaan."

Die volgende dag trek Johan 'n pak klere aan en hy lyk asof hy uit 'n modetydskrif uit kom.

"En nou, my man?"

Hy kan haar nie sê wat sy plan is nie.

"Nee wat, ek gaan maar net 'n belangrike kliënt sien vandag."

Nici aanvaar die verduideliking met 'n ligte fronsie, maar toemaar, sy sal wel uitvind wat regtig aangaan. Haar nuuskierigheid word weer geprikkel toe Johan nie met sy bakkie ry nie, maar met die blink Mercedes wat oom Lennie vir hom nagelaat het.

Johan stop reg onder die hoof se kantoorvenster en klim uit met sy krokodilvel aktetas. Hy stap flink by die voordeur in en gaan staan voor die ontvangs toonbank. Dieselfde ontvangsdame is steeds daar, maar sy herken hom glad nie.

"Kan ek help, Meneer?"

"Ek het 'n afspraak met die hoof."

"En U is van?"

"Lennie Brown Plumbing."

Sy kyk hom op en af asof sy nie kan glo dat 'n loodgieter so sal aantrek nie. Dan glimlag sy effens.

"Stap gerus deur Meneer, Meneer Burger verwag u."

Johan tel sy aktetas op en klop liggies aan die half oop deur.

"Binne."

Hy stap in en Burger kyk op.

"A, goeie môre. Burger."

"Duvenage, aangename kennis."

"Sit gerus, meneer Duvenage. Interessant, ons het 'n klompie jare terug 'n leerling gehad wie se van Duvenage was. Johan, dink ek."

"Of dalk Jakes. Jakes van die kinderhuis."

"Ekskuus?"

"In hierdie kantoor het jy my gat seker vyf honderd keer warm geneuk."

"Johan, is dit werklik jy?"

"Nou maar hoe het jy ... ek bedoel jy verteenwoordig 'n topklas maatskappy en jy..."

"Dis my maatskappy, Meneer."

"Merkwaardig. Dat een van ons leerlinge so kon uitstyg. Merkwaardig."

"Meneer Burger, met alle respek. Dis nie jou skool wat enigsins bygedra het tot my sukses nie, so moenie daardie eer vir jouself opeis nie."

"Nee, Johan, ek bedoel maar net ... wel, dit bly merkwaardig."

"Kan ons asseblief voortgaan met die rede hoekom ek hier is?"

Burger se oë vang die blink Mercedes wat voor sy venster staan. Hoe is dit moontlik dat Johan Duvenage sulke hoogtes kon bereik? Hy kom effens tot verhaal en dis duidelik dat hy nie die oorhand in hierdie gesprek het nie.

"Ek kry net iemand om jou te gaan wys wat ons gedoen wil hê/"

Hy tel die foon op.

"Janine, kry asseblief vir meneer Erlank om kantoor toe te kom."

Hy sit die foon neer en kyk ingenome na Johan.

"Wel, wel, wel. Johan Duvenage."

Johan reageer nie en kyk net uitdrukkingloos na Burger. Dan is daar 'n ligte kloppie aan die deur en Willie Erlank kom ingestap. Hy kyk na Johan en groet vriendelik.

"Goeie môre, Meneer."

"Willie jy sal nie glo wie hier voor jou sit nie. Dis Johan."

"Ek verstaan nie, Meneer. Behoort ek die meneer te ken?"

Johan steek sy hand uit, maar staan nie op nie. Hy praat direk met Willie.

"Jakes van die kinderhuis."

"J ... Jakes?"

Burger glimlag van oor tot oor.

Erlank staan verslae na Johan en kyk. Johan staan op en is nie oorvriendelik nie.

"Kan jy my asseblief wys wat gedoen moet word, dit word laat."

Jy? Sommer net jy?

Willie stap stil vooruit en kan steeds nie glo wat hy sien nie. Hy is nie oor vriendelik nie, want hy onthou ongetwyfeld wat in die verlede gebeur het. Hy wys vir Johan wat gedoen moet word, Johan maak aantekeninge en doen opmetings en Willie wonder hoe 'n loodgieter met 'n pak klere aan kan werk. Dan laat hy Johan alleen en gaan terug na sy klas toe. Verdomde Fieta wat hom nou smart kom hou.

Johan maak 'n afspraak vir drie dae later, indien Burger die kwotasie aanvaar. Jammer dit sal so lank neem, maar ons moet pryse uitwerk en voorraad aankoop.

By die kantoor vertel hy vir Pike die hele storie. Pike kry lekker oor Johan se ondervinding.

"Sê jou wat ons doen, ou maat. Ons werk die kwotasie mooi uit en dan voeg ons 'n 10% PG fooi by."

"Nee man Pike, ons kannie goeters byvoeg nie, ons wil darem nie die ouens verneuk nie. Wat is 'n PG fooi in elk geval?"

"PG staan vir pyn in die gat. As hulle moeilik is, dan betaal hulle dit en as hulle nie moeilik is nie, dan is dit hulle afslag."

"Goed gedink. Okei, maak so."

Ben Burger antwoord baie vinnig op die e-pos.

"Johan, julle kan gerus voortgaan. Die beheerraad het net een vraag. Wat is 'n PG fooi."

"O, Meneer sien, terwyl ons besig is kan daar prysverhogings wees. Ons stel die moontlikheid op 10%, maar indien soiets gebeur, sal die verhoging nooit meer as 10% wees nie."

Burger is tevrede met die verduideliking en drie dae later stop drie bakkies met werkers voor die skool. Dan kom die blink Mercedes ingery en stop weer voor die hoof se kantoor venster.

Pike stap saam met Johan om finale instruksies te kry en sy manne begin dadelik werk. Die water toevoer word afgesny sodat die krane en pype verwyder kan word. Johan is van plan om te ry, toe Willie Erlank ingestorm kom.

"Wat de hel doen julle? Ek is in die middel van 'n wetenskap klas en ek het water nodig. Draai onmiddellik die water oop."

Johan bly kalm.

"Jou Hoof moes jou mos ingelig het dat die water afgesny gaan word. Hoe dink jy moet ons die werk gedoen kry as die water aan is?"

"Ek gee nie om die. Draai die water onmiddellik oop!"
Willie staan reg voor onder 'n stort en Johan sien dit.
Hy roep na een van die werkers.
"Fineas, draai oop die stopkraan."
Die volgende oomblik spuit die water in alle rigtings.
Willie gly op die nat stortvloer en val. Hy is deurweek van
die water.
"Jou verpestelike fieta, jou donner ek nou."
Johan stap nader en tel Willie aan sy hempkraag op
en druk hom teen die muur vas.
"Die laaste keer wat jy dit kon doen is lankal verby,
jou gomgat. En maak nou net jou bek oop, dan maak ek
hom vir jou toe!"
Hy los die bedremmelde Willie en vee die water van
sy arms af.
"Pike, ek ry nou en as hierdie ... mens jou enige
probleme gee, bel my."

Hulle werk vier dae aan die projek en Johan is daar vir die
finale inspeksie. Burger en die lede van die beheerraad is
baie tevrede en die saak word afgehandel. Johan trek
met groot gebaar die PG fooi af en gee die faktuur vir Ben
Burger.
"Johan, ek wil jou net vra ... daai eerste dag. Wat het
tussen jou en meneer Erlank gebeur?"
"O dit? Hy het kom kyk wat ons doen en toe val hy in
die nat stort. Ek het hom opgetel. Dis al."
"Ek brand eintlik om jou te vra, maar ek is half
versigtig."
"Meneer kan my enigiets vra."
"Daardie aanranding op Erlank in die nagklub ... was
dit jy en Tubby?"
Johan glimlag en steek sy hand na Burger toe uit.

157

"Ek hoop julle is tevrede met ons werk, Meneer. Totsiens. En bel gerus as julle ons nodig het."

Kort daarna maak Pike en die werkers klaar en laai die bakkies. Dit het vroeër 'n bietjie gereën en die plasse water staan nog oral langs die pad. Pike sien vir Willie Erlank na die hek se kant toe stap en ry by hom verby net toe hy langs 'n plas water verby stap. Pike ry deur die water dat dit 'n boog spat, reg op Willie. Die man is sopnat en wys lelike tekens vir Pike, wat net vir hom waai en aanry.

Johan se eerste reaksie is effense skok, maar dan besluit dat hy reg op 'n bietjie wraak gehad het. Hy kom opgewek by die huis aan die middag, maar hy het nie rekening gehou met die klein blonde vroutjie nie.

"Wat het jy aangevang dat jy so smile, Johan?"

Hy kon nie anders as om haar die hele storie te vertel nie. Nici is nie baie gelukkig daaroor nie, maar kon nie help om te lag oor Johan se soete wraak nie.

20

Bertus en Magriet woon in die huisie langs die besigheid. Hy is in sy skik met die reëling wat hy en Johan aangegaan het. Hulle woon verniet in die huis en hy hou sy lyf opsigter wanneer die besigheid oor naweke gesluit is. Intussen is hulle na-aan hulle lieflike kleindogter wat elke dag ouliker word. Bertus is bewus van die krapperigheid wat Johan het. Hy vermoed dis oor sy pa, maar hy wil nie te veel uitvra nie. Dis duidelik dat hy en sy pa nie goed klaarkom nie.

Die middag kom Johan vroeg huis toe. Nici is verbaas om hom te sien.

"En nou? Jy gaan mos gewoonlik op 'n Dinsdag vir jou sessie met die sielku..."

"Nie vandag nie."

Johan gaan sit in sy studeerkamer en Nici volg hom.

"Wil jy my vertel?"

"Daar't 'n ou my gebel. 'n Kaptein Clutworthy."

"Van die polisie?"

"Nee ... die heilsleer. Oor my pa. Ek weet nie waar hy my kantoornommer in die hande gekry het nie."

Hy sit met sy kop in sy hande. Hy weet nie wat om te doen nie. Natuurlik sou die sielkundige die ideale persoon wees om nou te sien, maar hy het net nie die moed of die lus om te sit en luister na raad en voorskrifte nie.

Nici gaan sit op die stoel voor die lessenaar.

"Is jou pa nou by die heilsleer?"

"Was."

"Jy maak nie sin nie, Johan. Vertel my alles."

"Hy is van die kliniek af na die heilsleer toe. Hy het uiteindelik daar werk gekry en 'n kamer."

"Maar hoekom is jy dan so ontsteld daaroor?"

"Die kaptein praat asof hy my beskuldig dat my pa so gesuip het. Hy sê dis tyd dat die familie na hom kyk. My pa het geloop. Hy's weg."

Hy kyk op na Nici.

"Dink jy ook ons moet na hom kyk? Dink jy ook ek is verkeerd om die bliksem te haat?"

"Johan, dis nie haat nie. Dis net 'n groot teleurstelling. Hy het jou en jou ma verniel en julle het padgegee. Moenie sê jy haat hom nie."

"Een ding is seker, ek gaan nie babysitter speel vir hom nie."

Nici staan op. Sy hou haar hand na Johan toe uit en praat simpatiek met hom.

"Kom, ek gaan saam met jou."

"Waarheen?"

"Na jou terapeut toe."

"Nee."

"Johan, praat net met haar. Vertel haar net hoe jy voel en luister na wat sy sê. Ek bel haar gou en sê ons is 'n bietjie laat."

Johan staan op en stap onwillig saam met Nici na haar kar toe. Hy het 'n groot frons op sy voorkop.

"Wat moet ek vir die sielkundige sê?"

"Sê vir haar hoe jy voel."

"Maar is dit nie verkeerd om so te voel nie? Is dit nie my plig om na hom te kyk nie?"

"Sy sal jou goeie raad kan gee."

"Ek wonder waar is hy. En hoekom het hy geloop? My magtag, hy't 'n werk gehad en volgens die maatskaplike werker was hy nugter. Al maande."

"So iemand kan terugval. Dalk het dit met hom gebeur en dalk het hy geloop omdat hy skaam was daaroor."

"Ja maar dalk het hy gesuip oor my. Omdat ek sleg was. Dalk is dit ek wat hom na drank toe gedryf het. Hy my altyd my ma se seuntjie genoem en sy naam vir my was 'jou klein stront'."

"Kyk, ek weet nie wat presies in julle huis gebeur het nie, maar ek dink jy was soos jy was, omdat hy gedrink het."

"Ek was en is steeds 'n fieta. Shit man Nici, ek wil nie 'n fieta wees nie."

"En jy is ook nie. Hou nou op daarmee."

"Dalk is dit in my bloed. Dalk word 'n mens so gebore. Bad blood soos hulle sê."

Nici stop voor die sielkundige se spreekkamer en sit haar hand op Johan se been.

"Ek is lief vir jou Johan Duvenage. Jy is die beste man wat enige vrou kon kry."

Johan knik net sy kop en klim uit die kar uit.

"Kom jy nie saam nie?"

"As jy wil."

Dan stap hulle na die voordeur toe. Johan voel effens skrikkerig. Hoe moet hy die vrou vertel van die onstuimigheid en warboel in sy gemoed? Hoe moet hy sy twyfel regverdig? Sou die regte ding nie wees om sy pa 'n kans te gee nie? Maar dis dinge wat so diep en persoonlik is dat hy twyfel of enigiemand sal verstaan.

Na die sessie is hy nog meer deurmekaar. Die vrou sê hy moet na sy pa toe gaan en met hom praat. Maar wat sê hy vir hom? Middag Pa suip jy nog so?

Johan voel vasgekeer. Hy is vasgeverf in 'n hoekie. Het hy homself vasgeverf of is dit sy pa se skuld? Wat sê hy vir sy ma? Moet sy ma teruggaan na sy pa toe?

"Pak, Nici. Ons ry."

"Waarheen?"

"Ons gaan vir die naweek see toe."

Nici verstaan. Dis nodig dat Johan sy kop gaan skoonmaak. Dis dalk selfs nodig dat hy alleen moet gaan.

"Johan..."

"Nee. Ek gaan nie alleen nie."

Nici kyk vir etlike oomblikke na Johan. Hy kyk by die venster uit, maar sy is seker hy sien niks daar buite nie.

"Goed, ek gaan pak gou."

"Okei, ek gaan gou kantoor toe, ek moet Pike sê wat aangaan."

Johan ry kantoor toe sonder dat hy enigiets langs die pad inneem. Hy bestuur outomaties en stop, trek weg, draai links, draai regs. Pike sien daar is groot fout.

"Wat gaan aan Pel?"

"Ons gaan vir die naweek see toe. Jy moet asseblief die noodnommer beman."

"Is daar fout?"

"Ek moet net wegkom. Ek raak van my kop af."

"Hoor hier, Johan. Daar het netnou 'n man gebel. Hy sê hy is kaptein Clutworthy of iets. Ken jy hom?"

"Hy's van die heilsleer. Wat wil hy hê?"

"Hy't nie gesê nie. Shit, ek het gedink hy is van die polisie."

Johan trek sy asem in om Pike te vertel wat aangaan, maar hy besluit daarteen. Pike is 'n goeie vriend, maar hy hoef nie alles te weet nie. Dan antwoord hy. "Kyk, as hy weer bel, gee hom my selnommer."

Hy moes dit nie gedoen het nie. Hy moes die naweek heeltemal weggebreek het dat niemand weet waar hy is nie. Hy weet mos die kaptein sal weer bel, al is dit net om te sê hulle het sy pa in 'n gutter opgetel iewers. En nee, hy voel nie skuldig oor sulke gedagtes nie. Of voel hy?

Hy hou te vinnig voor die huis stil. Hy maak die voordeur drifting oop en roep in die gang af.

"Nici ... is jy gereed?"

Nici kom haastig nader.

"Wat gaan aan, Johan? Wat het gebeur?"

Johan besef sy optrede is irrasioneel.

"Sorry, ek is maar net haastig."

Hy doen sy bes om normaal en kalm op te tree, maar Nici is nie onder 'n kalkoen uitgebroei nie. Sy sê niks, maar sy besef Johan is op breekpunt.

Hulle ry kort daarna en sy hou Johan fyn dop. Sy sal hom moet kalmeer op een of ander manier. Hulle ry in relatiewe stilte en sy gun hom die tyd om sy gedagtes te verwerk. Toe hulle by Harrismith kom, vra sy hom of hulle nie by die restaurant langs die pad kan stilhou nie. Johan draai af en parkeer onder die bietjie skaduwee wat die yl boompie bied. Hulle eet rustig en sy haak by haar man in toe hulle kar toe stap. Dan gaan staan Johan. Hy draai na haar toe.

"Ek weet nie wat ek sonder jou sou gedoen het nie. Dankie my vrou. My kop is so deurmekaar."

"Solank jy net besef dis jou goeie reg as jou kop 'n bietjie deurmekaar is. Geen mens kan altyd ten volle in beheer wees nie. Daar gaan desnoods van tyd tot tyd dinge wees wat jou pla. Dinge waarmee jy stoei."

"As ek net geweet het wat om te doen. Aan die een kant besef ek hy is my pa en ek moet my oor hom ontferm. Maar waar was hy toe hy hom oor my en my ma moes ontferm het? Hy het my ma soos 'n stuk gemors behandel en dit was amper of ek was net soos hy."

Johan besef wat sy verantwoordelikheid is, maar hy kan homself nie sovêr kry om te aanvaar dat hy sy pa weer moet sien nie. Dis asof hy 'n totale blokkasie het daaroor. Hulle sê sy pa het ophou drink. Hulle sê Frikkie is nugter en probeer om sy lewe in orde te kry, maar na jare se mishandeling en geweld kan hy dit nie aanvaar nie. Hy praat sonder om na Nici te kyk.

"Pike sê die kaptein van die heilsleer het weer gebel."

"En, wat sê hy?"

"Nee, hy wou met my praat, maar Pike het hom nie my selnommer gegee nie. Net gesê ek moet hom bel."

"En het jy?"

Net effens te hard.

"Nee!"

Johan besef hy was ongeduldig.

"Jammer my vrou."

"Ek verstaan hoe jy voel, Johan, maar ek dink jy moet hom bel en hoor wat aangaan."

"Nee."

"Jy gaan nie met jouself vrede maak as jy nie die probleem aanspreek nie, Johan. Soos hulle in Engels sê, 'face the music'. Kyk, teen die tyd ken ek jou ook al goed genoeg om te weet dat jy wel omgee. Jy sê jy haat jou pa, maar ons weet albei dis nie waar nie. Dat jy teleurgesteld is, is net logies, en jy hoef niks meer te doen as net om met die kaptein te praat nie. Hoor wat hy sê. Ek is seker deel van jou frustrasie is omdat jy in die duister is. Jy wil nie weet wat aangaan nie, maar tog is daar 'n deel van jou wat wel omgee."

Johan trek net sy skouers op. Nici weet hy dink oor wat sy gesê het.

"Kyk, ons geniet nou ons naweek so goed ons kan, Ons kry ons koppe skoon en dan bel jy Maandag die kaptein. Reg?"

Hy knik effens. Sy sit haar hand op sy been.

"Ek sal vanmiddag vir Pike bel en die Kaptein se nommer kry. Ek sal hom bel en sê jy praat Maandag met hom."

Net na vier stop hulle voor die hotel in Umhlanga. Dis asof Johan effens kalmer is. Hulle neem hulle bagasie kamer toe en kyk oor die see. Dis kalmerend en Johan kry dit selfs reg om te glimlag as hy sy arm om sy vrou sit.

"Jy is die beste ding wat in my hele lewe met my gebeur het my liefling."

"Nee, dis net mooi andersom."

Sy soen hom saggies en neem dan haar selfoon van die tafeltjie af. Johan keer haar nie. Nici skakel Johan se kantoor en praat met Pike. Sy kry die kaptein se nommer se skakel dit dadelik. Die gesprek is kort en saaklik. Johan sal die kaptein Maandag bel want hy is nie nou beskikbaar nie. Dan skakel sy vir Ouma om te hoor hoe dit met klein Anneli gaan. Toe dit afgehandel is, skakel sy haar foon af, sy skakel Johan se foon af en draai na hom toe.

"Die naweek van rus en vrede het begin, Meneer Duvenage."

21

Anneli kyk skrams na die koerant se voorblad. Daar is 'n berig van 'n man wat deur die polisie in 'n park gekry is aan die Oos-Rand. Hy is weens blootstelling hospitaal toe geneem en sterk goed aan.

Gmf, dis skokkend hoeveel mense in daardie omstandighede beland. Eensaam en hulpeloos.

Dan lees sy die onderskrif onder die onduidelike foto.

'Die man is deur 'n brief in sy sak geïdentifiseer as Meneer Frikkie Duvenage en die Kaptein van die Johannesburgse tak van die heilsleer, Kaptein Clutworthy het bevestig dat hy die man ken. Duvenage? Dis Jakes se van. Vir 'n oomblik dink Anneli weer aan Jakes. Sy wonder wat van hom geword het.

Sy slaan nie verder ag op die moontlikheid dat dit familie, of selfs Jakes se pa kan wees nie.

Die naweek verloop rustig en teen vroeg Sondagaand is Johan en Nici terug by die huis. Vir die afgelope paar uur het sy gesorg dat hulle nie oor Johan se pa praat nie. Maar môreoggend sal sy sorg dat hy die kaptein bel.

"Dankie dat u teruggebel het, Meneer Duvenage. Ons moet dringend oor jou pa praat."

"Ja?"

"Kyk Meneer, ek verstaan dat julle 'n bietjie uitmekaar gedryf het, en ek respekteer u standpunt, maar..."

"Kaptein, wat presies weet jy van my familiebesigheid?"

"Wel, net wat die maatskaplike werker en jou pa my vertel het."

"En wat weet die maatskaplike werker van ons? Net wat my pa haar vertel het? Jy het geen idee hoe diep hierdie ding sny nie, Kaptein, so as jy dit dalk oorweeg het om my aan te vat oor omgee, dan kan jy dit sommer nou laat vaar."

"Meneer, ek verstaan presies wat u sê, maar ek moet ongelukkig met julle praat oor Frikkie se situasie."

"'n Situasie wat hy op homself gehaal het. As jy net een dag in Frikkie Duvenage se huis deurgebring het, net eenkeer as vrou of as kind onder sy vuiste deurgeloop het, dan kan jy weer praat."

"Meneer Duvenage, asseblief. Ek het jou hulp nodig om Frikkie te kan help."

"Jy weet Kaptein, vir weke nou al is ek ontsteld oor wat jy en Elsa my vertel. Ek het selfs al begin dink ek moet hom maar inneem en versorg, maar as jy my sal verskoon, ek het hierdie naweek tot my sinne gekom. Ek wil niks, maar niks met Frikkie Duvenage te doen hê nie. Om die waarheid te sê is ek skaam om sy naam te dra."

Toe Johan die gehoorstuk neersit, staan Nici by hom. Hy kyk op, want hy het haar nie daar verwag nie.

"Gaan jy my nou ook uitk... ek meen, uittrap?"

Nici sê niks. Sy hou net haar tenger armpies oop vir Johan. Minute lank staan die twee so sonder om 'n woord te sê. Toe hy haar effens van hom af wegstoot is daar trane in sy oë.

"Dankie my vrou, dankie."

Daar is 'n beslistheid in sy tred as hy na sy bakkie toe stap om werk toe te ry.

***

Frikkie lig sy kop effens op. Hy sien die uniform van die verpleegster. Hy besef hy's in 'n hospitaal, hy besef dit al drie dae lank, maar hy gaan hulle nie laat agterkom hy's wakker nie. Hy kyk versigtig na die drup in sy arm. Die vloeksels, wat maak hy hier? Hoekom lê hy in 'n hospitaalbed, hy het mos niemand toestemming gegee om hom hier gevange te hou nie. Hy maak sy oë vinnig toe wanneer hy die verpleegster se voetstappe hoor. Shit, hy's lus vir 'n dop. Come to think of it, wat sou van sy halfjackie geword het?

Die verpleegster kom tot by sy bed. Sy staan en kyk net vir 'n paar oomblikke na hom. Daar is iets anders aan die man. Dis of hy van posisie verander het. O wel, sy verbeel haar seker maar. Sy sit die band van die bloeddrukmeter om sy arm en pomp dit op. Bloeddruk effens hoog, maar tog redelik aanvaarbaar. Sy haal die band af en stap uit. Frikkie kyk weer na die drup in sy arm. Hy sal dit maklik kan uittrek. Hy moet net 'n plan maak hoe om hier uit te kom. Dalk kan hy maak of hy badkamer toe wil gaan. Ja, hy sal wag tot die personeel skofte ruil, dan is hulle besig met hulle papierwerk en hulle sal nie eers weet wie dit is wat by hulle verbystap nie. Maar die drup...hulle weet mos van die drup. En as hy dit uit sy arm trek gaan hulle die bloed sien. En Frikkie het nie rekening gehou met die feit dat hy net 'n japon aanhet nie. Met 'n japon gaan jy nie ver kom nie. Nee, hy sal 'n ander plan moet maak. Hy sal in die nag iemand se klere uit sy kassie voor die bed moet vat. Dan sal hy stilletjies aantrek en sy kans afwag. Teen middernag slaap die meeste van die personeel en hy kan verbyglip badkamer toe. Van daar is hy naby die trappe en die hysbak. Ja, dis wat hy sal doen.

Kaptein Clutworthy bel vir die soveelste keer vir Johan.

"Ek is baie jammer Meneer Duvenage, maar jy moet verstaan dat ons baie bekommerd is oor Frikkie."

"Het julle hom nog nie opgespoor nie?"

"Ja ons het. Hy is in die hospitaal, maar die personeel is baie bekommerd. Hy dreig glo om weg te loop en hy ly aan ontbering. Dit was in die koerant ook, het jy dit nie gesien nie?"

"Nee ek het nie. Terloops, waar het hulle hom gekry?"

"In 'n parkie iewers in die Boksburg omgewing. 'n Swart man het 'n motor gestop en gesê daar lê 'n dooie man in die park. Frikkie is gelukkig dat hulle hom betyds gekry het."

"Maar hy het by julle gebly, in die Heilsleer se koshuis?"

"Dis reg, maar hy het weggeloop."

"Weet u hoekom?"

"Ek dink hy het weer begin drink, Meneer Duvenage."

"Nouja, dan moet hy terug kliniek toe."

"Meneer Duvenage..."

"Kyk, Kaptein, ek gaan beslis nie babaoppasser speel nie. En as jy dink ek is hard, dan moet dit maar so wees. Ek moet gaan. Goeie nag."

Nici staan in die deur toe Johan omdraai.

"Is ek reg? Hy's iewers in 'n hospitaal."

"Ja."

"Waar?"

"Ek weet nie en ek gee nie om nie."

Nici probeer verstaan, maar sy ken nie vir Johan as 'n ongenaakbare mens nie. En sy weet sy moenie nou die saak met hom probeer bespreek nie. Sy neem net saggies sy hand en hulle stap deur eetkamer toe.

Johan het nie 'n goeie nag nie. Sewentig maal sewe draai die hele tyd deur sy kop. Sewentig maal sewe. Ja, hy weet dit staan in die Bybel. Sy ma het eenkeer nadat Frikkie haar weer pap geslaan het vir hom gesê, 'sewentig maal sewe keer moet ons vergewe my kind', maar kyk waar het dit haar gebring. Kyk hoe het sy gelyk toe hy haar uiteindelik daar weg gekry het. Nee wragtag, genoeg is genoeg!

Johan draai vir die duisendste keer om, om te probeer slaap, maar dit help nie. Sewentig maal sewe. Hy staan op en stap badkamer toe. Hy tap 'n glas water en haal 'n pilletjie uit die badkamerkassie uit. Sewentig maal sewe. Hy moet net eenvoudig slaap, hy het 'n moeilike dag wat voorlê. Hy sluk die pilletjie vinnig weg en klim weer in die bed. Sewentig maal sewe. Hy is befoeterd toe hy opstaan en vir die derde keer hierdie week is hy ongeduldig met Nici. Skielik pla Anneli se gehuil hom ekstra baie.

"Ek sal sommer by die werk iets kry om te eet."

"Maar ek is besig om..."

"Ek sê mos ek sal by die werk iets kry."

Hy stap befoeterd uit met sy aktetas terwyl hy bewus is van Nici se oë op hom. Sy draai om en sit die pan in die wasbak en skakel die stoof af. Sy sit die eiers en spek terug in die yskas en stap kamer toe.

"Ag Here, help hom om perspektief te kry, hy kry baie swaar, asseblief Here."

Haar trane loop oor haar wange en sy probeer nie eers om dit af te vee nie. Sy voel magteloos omdat sy weet daar is niks wat sy kan doen nie. Deur hierdie drif moet Johan self gaan. Sy kan maar net daar wees om hom te ondersteun.

Die middag kom Johan nie op sy gewone tyd huis toe nie. Dis later ses-uur. Dan lui die voordeurklokkie. 'Ag liewe Here, nee."

Haar hart klop in haar keel toe sy die voordeur oopmaak. Dis Pike. Hy drasleep Johan by die voordeur in. Nici ruik die drank 'n myl ver. Pike stap direk hoofslaapkamer toe met Johan.

"Moet niks sê nie, Nici, asseblief. Kom ons sit hom net in die bed dan kan ons praat."

Nici knik net haar kop. Sy is sprakeloos. Sy weet nie wat om te doen nie en stap kombuis toe en skakel die ketel aan. Sy sit by die kombuistafel met haar kop in haar hande. Hoe kon soiets gebeur het? Haar man wat so sterk is .... hoe kon hy so ineen stort?

Dan kom Pike in die gang afgestap. Hy sit sy hande op haar skouers en druk dit saggies.

"Toemaar, dit was net 'n glips. Môre sal hy weer reg wees."

Sy kyk hulpeloos op na Pike.

"Wat het gebeur?"

"Ek weet nie presies nie. Die kroegman by die Black Sparrow het gebel en gevra ek moet hom kom haal."

"Maar wat sê hy Pike? Hoekom?"

"Hy het net gecrack. Ek sal oom Herman bel dat ons sy bakkie kan gaan haal..."

"Nee! Nee, moenie, ek wil nie hê my pa moet weet nie."

"Goed, ek sal Amos gaan oplaai."

Pike draai om om uit te stap.

"Pike ... dankie."

Hy steek vas. Knik net sy kop.

"Ek dink nie hy sal wakker word nie, maar as hy wakker word, gee hom water. Baie water. Ek sal die bakkie in die driveway los, moenie op wag nie."

171

***

Johan maak sy oë oop. Hy knip dit 'n paar keer vir die skerp lig wat by die venster inskyn. Waar is hy? Wat het gebeur? Dit neem hom minute om te besef wat gebeur het. Hoe kon hy so onverantwoordelik wees? Wat moet hy vir Nici sê?

Dan kom Nici saggies by die kamer in. Sy praat saggies met hom.

"Hallo, my man."

Hy kyk op in daardie waterpoele. Here wat het ek gedoen?

Dan bars die sluise oop en hy draai sy rug op haar. Nici gaan sit op die kant van die bed.

Sy sit net so vir 'n rukkie voor sy praat.

"Wil jy my vertel?"

Sy skouers ruk soos hy huil.

"Ek weet nie hoe om jou ooit weer in die oë te kyk nie. Ek is so jammer, my vrou, ek is so jammer."

"Dis niks ... soiets kan met enigiemand gebeur."

"Maar ek is net soos hy? Ek is presies dit wat ek in my pa haat. Ek is niks beter as hy nie."

Johan spring vervaard op.

"Ek sal verstaan, Nici, ek sal verstaan."

"Wat sal jy verstaan?"

"As jy ... as jy liewer wil padgee. Ek is bad news."

Sy staan op en toon geen sigbare reaksie op wat hy gesê het nie.

"Ek kry vir jou 'n pilletjie vir die hoofpyn."

Dan draai sy om en loop uit. Hoekom baklei sy nie met hom nie? Hoekom is sy so blerrie kalm? Hy hoor haar in die badkamer vroetel. Dan draai sy 'n kraan oop en toe, en kom terug met 'n glas water en twee pilletjies.

"Hier, sluk dit, dan sal jy beter voel."

Johan kyk met 'n frons na sy vrou wat onheilspellend kalm is.

"Hoekom sê jy niks nie?"

Nici gaan sit weer op die bed.

"Jou simpel voorstel dat ek moet padgee verdien nie 'n reaksie nie. Maar nou moet jy baie mooi luister na wat ek gaan sê."

Hy verwag 'n stortvloed van verwyte en beskuldigings en neem hom voor om nie 'n woord te sê nie. Hy maak sy oë toe in afwagting.

"Nee, maak oop jou oë en kyk vir my. Ek het jou leer ken as 'n sterk, doelgerigte en gefokusde persoon. Iemand wat 'n ding logies benader en oplossings vind. Wat gisteraand gebeur het, is nie ter sake nie..."

"Maar Nici..."

"Ek het gesê jy moet luister."

Johan bly dadelik stil. Hy kan haar kalmte nie verstaan nie. Of is dit die stilte voor die storm?

"Jy het in haglike omstandighede grootgeword en jy het besluit om op te staan en iets van jou lewe te maak. Jy het dit reggekry en ek het respek daarvoor. Toe kom die maatskaplike werker en krap jou lewe deurmekaar. Ek verstaan jou ontsteltenis en onsekerheid maar dis nou genoeg. Jou pa sal altyd jou pa wees. Dis nou vir jou om te besluit of jy hom gaan help of nie. Jy sien hom of jy sien hom nie. En wat jy ookal besluit gaan ek nie kritiseer nie, maar neem net in hemelsnaam 'n besluit."

"Moet ek hom net so terugneem in my lewe? Wil jy vir my sê ek moet hom help na alles wat hy aan my en my ma gedoen het? Hulle sê hy's nugter, maar wat as hy weer die bottel gryp?"

"Wat het jy gisteraand gedoen?"

173

"Ekskuus?"

"Het jy nie ook gisteraand die bottel gegryp nie?"

Daardie woorde slaan Johan tussen die oë soos 'n emmer yswater. Sê sy dit net, of is dit 'n verwyt, ten spyte van haar ooglopende kalmte?"

"Ek is jammer oor gisteraand. Ek is so ongelooflik jammer."

"Frikkie Duvenage is dalk net so jammer. Hy reik uit. Dalk het hy weggeloop by die Heilsleër om jou te soek. Om jou ma te soek. Dalk wil hy probeer regmaak wat hy verbrou het."

Johan kyk net na Nici, Hy het geen woorde nie. Dan praat sy weer.

"Staan op en gaan stort, jy's nie siek nie. Jy's net babelas en jy verdien daardie hoofpyn. En terloops, ek is nou siek en sat vir jou 'arme-ou-ekketjie' houding. Die lewe gaan by jou verby."

Nici draai doelgerig om en stap uit. So met die wegstap praat sy.

"Jou ontbyt sal oor vyftien minute gereed wees."

Johan Duvenage is platgeslaan. Hy het nie vir 'n oomblik gedink al daardie woorde kan uit daardie klein lyfie uit kom nie. Sy kop wil bars, maar hy vat dit soos 'n man. Hy stort en toe hy aantrek kyk hy op sy horlosie. Amper nege-uur. Hy ruik die spek en eiers uit die kombuis uit en hy weet vandag moet hy dit eet al voel hy asof hy nooit weer iets wil eet nie.

Net voor tien stap hy by die kantoor in. Hy maak of hy nie Pike se onderlangse blik opmerk nie. Hy sit sy aktetas op sy lessenaar neer en wink vir Pike.

'Sit."

Pike gaan sit sonder 'n woord.

"Gisteraand moes nooit gebeur het nie Pike. En dit sal ook nie weer gebeur nie. Dankie dat jy my kom haal het ... en dankie vir my bakkie. Shit, ek is skaam, man."

"Moenie worry nie, ek verstaan. En toemaar, ek het vir Amos gesê jy het siek geword."

"Dankie ou maat."

Toe Johan sy hand uitsteek om sy foon op te tel, staan Pike op en gaan werkwinkel toe. Johan skakel vinnig 'n nommer.

"Môre Kaptein Clutworthy."

Clutworthy is om die minste te sê effens uit die veld geslaan.

"Meneer Duvenage ... ek wou jou al bel, maar ek was nie seker of jy met my sal wil praat nie."

"Toemaar, ek spaar jou die moeite. Is my pa nog in die hospitaal?"

"Nee, dis juis hoekom ek jou wou bel. Frikkie het weggeloop gisteraand."

Johan bly vir 'n paar oomblikke stil. Dan vra hy;

"Het hulle 'n idee waarheen hy sou gaan?"

"Nee. Hulle het hom die vorige keer in 'n parkie in Boksburg gekry. As ek neem waar die Heilsleër is en waar jy is, sou ek sê hy kon op pad gewees het na jou toe."

"Ja, dis dalk 'n goeie afleiding."

"Ekskuus dat ek vra, maar het jy intussen van opinie verander?"

"Ja, ek gaan hom soek. Jy het my nommer as jy iets hoor."

Johan klim in sy bakkie en ry by die hek uit. Hy stop by 'n vulstasie om asempilletjies te koop. Dit sal maar sleg lyk as hy Frikkie opspoor en sy asem ruik na ou drank. Hy besluit om eers by sy ma 'n draai te maak.

"Môre, Ma."

"Hallo my kind. Hoekom lyk jy so omgekrap?"

175

"Ek sal Ma later vertel. Kyk, ek gaan vir Pa soek, ek wou maar net sê."

"Johannie, maar..."

"Ja ek weet ek wou niks met hom te doen hê nie, maar ... hoor hier, ek sal later verduidelik."

Hy groet skrams en stap uit. Younis kyk hom oopmond agterna. Wat sou nou in hom gevaar het?

Nici se dag verloop nie baie goed nie. Sy's ontsteld oor alles wat sy vir Johan gesê het. Natuurlik is sy jammer daaroor, maar dit moes gesê word. Hy moes op een of ander manier wakker geskud word. Sy stap op en af in die huis, luister of Anneli nog slaap en probeer lees, sonder dat sy enigiets inneem, Sy gooi haar boek eenkant toe, toe haar foon skielik begin lui.

"Nici."

"Hallo my vrou."

"Haai Johan. Waar's jy?"

"In Brakpan."

"Wat maak jy daar?"

Sy vra dit versigtig, gedagtig aan gisteraand.

"Ek soek hom. My pa. Hy't weggeloop uit die hospitaal uit en iemand het 'n persoon met sy beskrywing in Brakpan gesien. Ek kom 'n bietjie later huis toe."

Nici is half skaam dat sy fyn luister na Johan se spraak. Sy voel verlig dat sy geen afwykings hoor nie. Drank tas 'n mens se spraak baie gou aan. Sy gaan sit moedeloos in die sonkamer. Hoe kan sy soiets van Johan verwag? Maar aan die ander kant, hoe kon hy gisteraand so van die wa af val. Haar kwaai woorde draai deur haar kop. Maak nie saak hoe nodig dit was nie, sy voel steeds sleg dat sy hom so aangeval het. Dalk is aanval die verkeerde woord, maar sy het tog baie sterk standpunt ingeneem. Sy het wel al die simpatie in die wêreld met hom, maar dis tyd dat hy sy man staan. Dis amper nege-uur toe Johan die voordeur oopsluit. Vir een kort oomblik onthou Nici wat die vorige aand gebeur het. Dan kom Johan in die gang afgestap en sy ontmoet hom halfpad. Sy val in sy arms en druk hom styf vas.

"Was jy bang ek het weer gaan suip?"

"Nee, ek was nie. Hallo my Liefling."

"Hallo my vrou."

"Toe, vertel eers."

"Nee, ek kry hom nêrens nie. Dis koud vannag. Ek is bekommerd."

"Jou ma het al 'n paar keer gebel. Moet jy haar nie net eers terugskakel nie?"

"Goed."

Nici kan nie help om verlig te wees nie. Soiets gaan sit maar in 'n mens se onderbewussyn. Sy maak die oond oop en haal die skaapboud versigtig uit. Johan kom in van die badkamer af en die geure van 'n gekookte maaltyd maak hom ekstra honger. Hy gaan sit en staar vir 'n oomblik voor hom uit. Hy hou sy hand uit wanneer Nici kom sit.

"Here, dankie vir ons tafel vol kos vanaand. Wees asseblief vanaand by ... by Pa ook. Laat hy veilig wees waar hy ookal is, Amen."

Hulle eet in relatiewe stilte. Hy wens hy kon vanaand net 'n bietjie kos vir Frikkie gee.

Johan ry straatop en straataf. Sou sy pa regtig na hom toe op pad gewees het? Of dalk dink hy Lennie lewe nog. Dalk het hy...maar dit help nie om te wonder nie. Hulle moet hom net eenvoudig vandag kry. Die hele dag gaan verby sonder enige sukses. Na 'n hele paar gesprekke met Kaptein Clutworthy en Elsa Brits, gaan hy uiteindelik huis toe. Hulle is albei gespanne. Nici weet dat Johan homself verwyt dat hy so lank geneem het om 'n besluit te neem oor sy pa. Tog, dit sal nie nou help om enigiets te sê nie, dit sal hom net meer gespanne maak. Hulle gaan vroeg kamer toe, maar van slaap is daar nie sprake nie. Hulle lê albei en rondrol. Waar kan Frikkie ronddwaal?

22

Dan is daar 'n klop aan die voordeur. Johan frons in die donker. Die tyd van die aand? As dit iemand is wat hulle ken sal die persoon tog die klokkie lui. Hy stap versigtig in die gang af. Hy is nie bang nie, maar 'n mens moet versigtig wees.

"Wie's daar?"

Geen antwoord nie. Hy roep weer.

"Wie's daar?"

Dan sluit hy die deur oop, maar nie die veiligheidshek nie. Hy kyk op in die jammerlike gesig van 'n wrak van 'n man. Die man sê niks. Hy staan en kyk net asof hy verwag Johan gaan hom wegjaag. Dan sluit Johan die veiligheidshek oop. Hy het nie 'n idee hoe om op te tree nie. Hulle staan net na mekaar en kyk in ongeloof.

"Pa?"

"Boetie."

"Kom in, Pa."

Frikkie is onseker.

"In Lennie se huis in? Hy sal my wegjaag."

"Dis nou my huis, Pa. Kom in."

Johan se huis? Hoe het dit gebeur. Frikkie sien drogbeelde in sy kop. 'n Dronk man wat 'n kind geweldig slaan. 'n Dronk man wat 'n vrou slaan dat die bloed spat.

Johan se eerste gewaarwording is om sy pa te omhels, maar hy doen dit nie. Frikkie stap onseker in. Johan is ewe onseker.

"Is jou ma hier?"

"Nee. Kom sit, Pa. Pa lyk moeg."

"Ek het jou gesoek. Ek het lank na jou gesoek."

"Die Kaptein het my gesê."

"Ek weet nie wat om vir jou te sê nie, Seun. God weet ek weet nie wat om te sê nie."

"Dit wat ek wou weet, weet ek reeds."

"En dit is?"

"Pa is nugter."

"Met baie genade van bo. Ek het 'n belangrike ding geleer."

"En wat is dit?"

"Om te bid. Dis al wat my dra."

"Ek is bly Pa. Nou toe, sit, ek hoor my vrou aankom in die gang. Sy sal vir ons tee maak."

"Vrou? Dan is jy..."

"Ja, ek is getroud."

"Waar is Lennie?"

"Hy is laas Desember oorlede."

"En jou ma?"

"Sy't haar eie plekkie."

Dan kom Nici met 'n breë glimlag in.

"Goeienaand. Is ons gas wie ek dink hy is?"

Frikkie staan ongemaklik op. Hy wil deur die vloer sink van skaamte. Kyk hoe lyk hy met welsyn klere aan wat nie oral goed pas nie. Wat moet die kind van hom dink. Johan red die situasie.

"My vrou Nici, en dis my pa, Frikkie."

"Aangenaam Oom Frikkie. Ek gaan vir ons tee maak, reg so?"

Hy knik net sy kop. Na 'n rukkie kom sy terug met 'n skinkbord en drie koppies. Johan neem dit by haar en sit dit op die koffietafel neer.

"Suiker vir Pa?"

"Twee dankie. Ja jy het my nog nooit sien tee drink nie."

Daar is 'n duidelike klank van selfverwyt in Frikkie se stem. Nici besluit om haarself te verskoon.

"Julle wil seker gesels, ek gaan gou vir jou pa 'n kamer regmaak. Nag Oom Frikkie."

Frikkie kan nie verstaan dat enigiemand met hom kan vriendelik wees nie. Hy was gereed dat Johan hom sal wegjaag wanneer hy die deur oopmaak. Die seun wat hy as 'n robbies en 'n nikswerd uitgeskel het, ontvang hom in sy huis. Hy kyk op na Johan met trane in sy oë.

"Boetie ... ek weet jy wil my nie hier hê nie, maar ek moes kom vergifnis vra. Om te sê ek is jammer klink so betekenisloos ... maar die Here weet..."

Dan breek hy. Frikkie huil soos 'n kind en hou sy hande voor sy gesig.

"Ek sal verstaan as jy my wegjaag, Boetie, ek sal verstaan."

Johan staan op en sit sy hand op sy pa se skouer. Hy kan nie onthou of hy al ooit aan sy pa geraak het nie, behalwe toe hy sy pa met die vuis geslaan het. Die tenger lyf bewe van emosie en hy kyk soos 'n bedelaar op in Johan se oë. Johan kniel op die mat voor Frikkie. Sy arms gaan om sy pa se skouers en hy druk hom styf vas. Dan staan hy op.

"Welkom in my huis, Pa. Ek het Pa gemis."

Frikkie is verslae. Hy kan nie glo dat sy kind wat hy so verwaarloos en mishandel het, hom kon vergewe nie.

"Boetie ... dink jy jou ma sal bereid wees om my te sien? Ek moet haar vergifnis kry."

"Ek sal Pa môreoggend na haar toe neem."

***

Johan gaan eerste in. Hy moet sy ma voorberei op die ontmoeting. Toe hy en Younis 'n dag of wat gelede gepraat het, was hulle albei beslis dat hulle Frikkie nie weer wil sien nie.

"Johannie, en as jy so vroeg op my spoor is? Is daar fout?

"Nee Ma, ek eh..."

"Nou maak jy my bekommerd. Wat is dit?"

"Pa is hier."

"Waar?"

"Hy het gisteraand by my huis opgedaag. Hy wil Ma graag sien."

"Maar is hy ... ek meen..."

Sy hoor Frikkie se stem voor hy om die hoek kom..

"Ja, ek is nugter, Younis."

Voor haar staan die Frikkie Duvenage wat sy leer ken het. Sy klere is afgeleef, maar skoon. Hy is nugter en vir die eerste keer in jare het hy haar Younis genoem en nie blerrie slet nie.

"Ek wil jou nie pla nie Younis, maar ek moet jou vergifnis kry. Die Here weet ek is jammer oor al die jare wat ek vermors het."

Die vrou wat hom antwoord is 'n sterk, selfversekerde vrou. Sag soos sy al die jare was, maar regop en beslis.

"Ek kan sien jy is nugter, Frikkie. Hoe lank al?"

"Aan en af seker nou meer as nege maande."

"Hoekom aan en af?"

"Ek het 'n paar dae gelede toe ek na julle gesoek het, amper doodgegaan. Hulle het my in 'n park gekry, smoordronk."

"Maar dan is jy mos nie..."

"Ek is nugter. Ek kon julle nie kry nie en ek was moedeloos. Ek weet dis nie 'n verskoning nie, maar dis wat gebeur het. Toemaar, ek verwag niks van julle nie, maar ek moet net weet dat julle albei my vergewe het. Ek het nie baie tyd nie. Asseblief Younis, ek staan op my knieë voor jou."

Daar is 'n paar oomblikke stilte, dan praat sy.

"Dis nie my plek of my reg om te oordeel nie. Ja, ek vergewe jou Frikkie."

Daar is trane in sy oë as hy naderkom en haar hand vat.

"Dankie, Younis, ek hoop net God kan my ook vergewe."

Dan draai hy om en loop by die voordeur uit. Hy huil onbeskaamd. Johan kan nie verstaan waarvan Frikkie gepraat het nie. Hoekom sou hy nie tyd hê nie? Johan kyk met 'n frons na sy ma.

"Hoekom het hy sommer net geloop, Ma?"

"Ek weet nie my kind. Hy's seker skaam omdat hy huil."

"Ja, hy's baie emosioneel."

"Waar dink jy gaan hy nou heen?"

"Hy sal seker by my bakkie wag. Dan moet ek ook maar gaan, ek wil hom rustig kry."

Johan groet sy ma met 'n drukkie en stap na sy bakkie toe. Frikkie is nêrens te sien nie. Johan klim met 'n frons in sy bakkie. Frikkie het seker begin aanstap huis toe, maar hy kan nog nie ver wees nie, hy sal hom wel langs die pad kry. Hy ry tot amper by die huis en besef Frikkie kon nie in die kort tydjie daardie hele afstand gestap het nie. Hy draai om en fynkam elke straat, kruis en dwars. Liewe hemel, wat het in die man gevaar en hoe kan hy sommer net verdwyn. Nadat hy omtrent 'n uur lank gesoek het besluit hy om weer na sy huis toe te ry. Frikkie moet eenvoudig daar wees. Johan kom om die draai naby die winkelsentrum toe hy dit sien. Iets soos 'n sak, maar dis die kleur wat hom tref. Dis ongeveer die kleur van die baadjie wat hy vir sy pa geleen het die vorige aand. Hy trap vinnig remme en hou stil. Hy hardloop na die voorwerp toe. Liewe Here dis 'n mens wat daar in die straat langs die sypaadjie lê. Hy kniel . Dis Frikkie.

"Pa ... Pa, praat met my. Ag Here help asseblief."

Hy buk verder af en voel Frikkie se pols.

"Hy's dood. Hy's wragtag dood. My Pa wat ek skaars 'n dag ken is dood.!"

Hy wil Frikkie eers optel en in sy bakkie sit en hospitaal toe jaag, maar dan besef hy dis in elk geval te laat en wat as daar 'n misdaad by betrokke was? Hy haal sy selfoon uit en druk die knoppie vir noodnommers. Hy't het die nommer op sy foon gesit vir ingeval een van die werkers iets sou oorkom.

"Hallo, ambulansdiens."

Hy verduidelik waar hy is en sê vir die beampte dis baie dringend. Dringend? Wat is dringend daaraan om 'n lyk te kom haal. Frikkie is in elk geval dood. Sy Pa wat hy nie wou sien nie is dood. Dan skakel hy Nici se nommer.

"Nici ek ... my ... ons ... toemaar ek is net besig en bel jou binne die volgende halfuur."

Hy druk die foon dood voordat Nici iets kon sê. Die ambulans stop en hulle neem Frikkie se pols. Dan laai hulle hom op 'n draagbaar en plaas hom behendig in die ambulans.

"Meneer, jy besef seker die man ... is oorlede."

"Ja, dis my pa. Ek het hom hier gekry."

Hy volg die ambulans hospitaal toe en stop half skeef in 'n parkeerplek. Hy stap saam met die ambulans mense in. Johan vul die nodige vorms in met al sy besonderhede. Die dokter by ongevalle kom na die wagkamer toe.

"Meneer, jy sê dis jou pa?"

"Dis reg."

"Hy het 'n hewige hartaanval gehad en is onmiddellik dood."

Johan knik net sy kop en stap beteuterd uit. Hy klim in sy bakkie en skakel weer Nici se nommer.

"Hallo Johan, wat gaan aan?"

"Ek ... ek kon nie netnou praat nie dis ... hy..."

"Johan, kalmeer my man. Wat het gebeur?"

"My pa is dood. Hy's dood, Nici."

Hy druk die Foon dood want hy huil te veel. Hy kom effens tot bedaring en ry na sy ma se meenthuis toe.

Younis maak die deur oop en sien daar's groot fout.

"Boetie, het jy hom gekry?"

"Hy's dood Ma. Soos 'n hond in die straat dood."

Hy bly 'n rukkie stil en Younis gee hom kans om tot bedaring te kom.

"Hy moes 'n voorgevoel gehad het, dis hoekom hy so haastig was om Ma te kom sien. Hy't uitgeloop omdat hy dit voel kom het, dink ek. As ek net by die hek links gedraai het kon ek dalk betyds gewees het. Ek weet ook nie, want die dokter sê hy's onmiddellik dood. Ek weet nie hoekom ek ... ek wou hom jare lank nie ken nie en nou huil ek oor Frikkie Duvenage. Ek was te hardegat."

Younis is kalm toe sy weer praat. Sy sit haar hand op Johan se skouer. Hy sit by die eetkamertafel met sy kop in sy hande.

"Johannie, jy mag nie skuldig voel nie."

"Maar ek bly 'n gemors, Ma. 'n Fieta."

185

"Luister na my. Frikkie was nie 'n gemors nie. Hy was iemand wat die pad duister geraak het en homself reg geruk het. Onthou hom so. Probeer om al die slegte dinge te vergeet. Dis al wat ons albei kan doen my kind."

Johan kyk dankbaar op na sy ma.

"Dankie Ma."

Hy staan op en vee oor sy nat oë.

"Ek moet by Nici kom, sy sal bekommerd wees."

Nici staan nog steeds met Frikkie se kussing in haar hande. Sy was besig om sy bed mooi reg te maak en het daaraan gedink om 'n blommetjie op sy kleedtafel te sit.

Dan hoor sy Johan se bakkie stop en stap vinnig in die gang af. Hy maak die voordeur oop en kyk vir 'n oomblik net na haar. Dan maak sy haar arms wyd oop en hy val behoorlik in haar tenger armpies. Vir lank staan hulle net so. Dan bedaar hulle en Johan praat.

"Hy't my ma om vergifnis gevra en gesê hy het nie baie tyd nie. Toe stap hy uit en toe ek buite kom is hy nêrens nie."

Die begrafnis was eenvoudig, maar waardig. Mevrou Brits en kaptein Worthington was daar en Pike. Verder net die familie. Nici stap saam met Younis en Johan terug na sy kar toe. Sy sê niks. Die oomblik is te intiem, maar sy weet dat Johan en sy ma nou klaring kan kry.

23

Die dae en maande stap aan en Johan het uiteindelik vrede gemaak met alles. Dit gaan goed met Lennie Brown Plumbing. Pike is nou die bestuurder en Johan voel effens oorbodig. Amos beheer die werkswinkel.

Pike hardloop heen en weer. Hulle is vrek besig en al die spanne is in en uit. Dan lui die kantoorfoon.

Johan moes stad toe om iemand te spreek oor die moontlikheid om sy onderneming te koop.

Dalk sal dit goed wees om uit te brei. Natuurlik onthou hy Oom Lennie se woorde toe hy hom eendag vra hoekom hy nie nog takke oopmaak nie.

"Ver van jou goed, naby jou skade, ou Seun."

Maar in Pike het hy 'n goeie bestuurder en die vorige eienaar sal vir minstens nog 'n jaar aanbly om te help. Nee, dis 'n goeie, suksesvolle onderneming en hy sal uit die aard van die saak eers sorg dat sy finansiële raadgewer die boeke behoorlik bestudeer.

Johan glimlag as hy dink aan wat hy altyd vir homself gesê het. Hy wou by Ben Burger, of Big Ben se kantoor instap en hom in die oë kyk en sê; 'ek is die fieta wat altyd vir alles die skuld gekry het hier in jou skool. Ek is Jakes van die kinderhuis.'

Dan wou hy na ou Woeste Wille Erlank se klas toe stap en sonder uitnodiging instap en vir hom sê; 'ek is die fieta wat mos altyd al die foute gemaak het. Ek is die fieta wie se gat jy amper elke dag geslaan het vir ander kinders se dinge. Ek is Jakes van die kinderhuis.'

Maar noudat hy dit kan doen, besef hy dis nie die moeite werd nie. Daardie mense leef in hulle eie klein wêreldjie waar hulle die enigste haan op die mishoop is. Nee, as hy net eendag vir Anneli kan raakloop. As hy net vir haar kan dankie sê dat sy in hom geglo het.

En vandag is dit die eerste keer in al die jare vandat hy sy ma kom haal het, dat hy weer in die deel van die stad kom. Hy sou vandag daardie dinge kon doen.

Johan stap terug na sy kar toe wat voor die sentrum in die parkeergebied staan. Dan sien hy dit. Hy kan sy oë nie glo nie. Die bordjie wat lees; 'Dokter Anneli Botes. Algemene praktisyn.'

Anneli se laaste pasiënt is net weg, toe Julie inloer.

"Hier is 'n man wat jou wil sien. Hy sê dis dringend."

Sy praat saggies met groot oë.

"Dis hy, die ou van wie ek jou vertel het."

Dan praat hy agter Julie

"Middag dokter. Jammer om te pla."

Julie kyk na Anneli, maar toe sy knik, draai Julie om en gaan terug ontvangs toe.

Anneli is vir 'n oomblik effens verward.

Die stem is sag en vriendelik, maar die bekendheid daarvan laat haar skerp opkyk.

"Johan?"

Voor haar staan 'n netjiese, aantreklike jong man en dis duidelik dat sy pak klere nie by die China Mart gekoop is nie.

"Ek was in die omgewing, toe stap ek by die kamers verby en sien die naam. Ek het nie geweet of dokter my sal onthou nie."

188

"Ek is Anneli, onthou. En ek sal jou nooit vergeet nie, Johan. Sit, ons moet gesels."

Hy gaan sit en dis opmerklik dat hy selfvertroue het. Hy praat gekultiveerd en as Anneli nie sy stem herken het nie, sou sy nie geweet het dis hy nie.

"En my naam is Jakes."

"Weet jy, ek verkies om vir jou Johan te sê."

"Almal noem my maar deesdae Johan. Oom Lennie het met die ding begin. Hy't gesê Jakes klink so ... so kommin."

"Nou toe, vertel my wat van jou geword het."

"Dit was jy. Dis hoekom ek ingekom het. Om vir jou te kom dankie sê."

"Wat het ek gedoen?"

"Alles. Die dag toe jy my in die verhoogopvoering ingeboender het. Dis waar dit begin het.

Tot daardie middag in die saal, was ek Jakes van die Kinderhuis, die robbies, die fieta. Maar daardie een sin wat jy gebruik het toe ek wou kop uittrek..."

"Wat was dit?"

"Jy't gesê, 'hier is nie een persoon wat 'n beter mens as jy is nie, Johan. Van vandag af glo jy in jouself."

"Dan is dit dit wat jou laat besluit het om die skool te los?"

"Ja en nee."

"Hoekom het jy my nie gesê van jou planne nie?"

"Jy sou my probeer ompraat het. Ek is na my oom toe. Hy het 'n loodgieters-onderneming in Benoni. Oom Lennie, my ma se broer. Ek het dag en nag gewerk, gestudeer, my 'papiere' gekry soos hulle in die bedryf sê. Ek het matriek gemaak en ek het gaan leer om ordentlike Afrikaans te praat, en Engels. Ek het 'n graad in besigheidsbestuur deur Unisa behaal. En ek het my eie besigheid.

"En?"

"Wat bedoel jy?"

"Die privaatkant van jou lewe."

"Wat jy eintlik wil weet is of daar iemand in my lewe is."

"Is daar?"

"Ja. Ek het die lieflikste vrou wat enige man kan hê. En die wonderlikste dogtertjie."

"Pragtig. Haar naam?"

Hy aarsel 'n oomblik. Dan antwoord hy trots. "Anneli. Net dit. Anneli."

Anneli kyk lank na Johan. Is dit werklik wat sy vir hom beteken het?

"Jy hou nie daarvan nie."

"Ek voel so geëerd, Johan. Ek sal dit nooit vergeet nie. Weet jou vrou waar die naam vandaan kom?"

"Ja, sy weet alles. Ek kan nie 'n lewe bou op leuens nie. Sy't eendag gesê sy sou jou graag wou ontmoet. Sien hoe lyk iemand wat so baie in my lewe beteken het."

"Dankie Johan, baie dankie. Maar dis jyself wat uiteindelik die besluit geneem het."

"Maar jy het my die moed gegee. Ek was kwaad vir die wêreld. Dit was al die mense rondom my se skuld dat ek my pa geslaan het en 'n misdaadrekord gekry het. Dit was die onderwysers en die ander kinders se skuld dat ek in Fietas grootgeword het. Die kinderhuis, dit alles was ander mense se skuld. Nooit my eie nie. Maar toe..."

"Maar toe?"

"Ek het jou geïdealiseer. Ek kan tot vandag toe nie verstaan hoekom jy gaaf was met my nie."

"Dis nie moeilik om daardie vraag te beantwoord nie. My ouers het my geleer dat niemand verhewe is bo enigiemand anders nie. Dis 'n persoon se gedrag wat hom aanvaarbaar maak of nie."

"Maar my gedrag was vieslik. Ek was 'n gemors. 'n Regte fieta. As dit nie vir jou was nie, was ek op agtien in die tronk. Ek was werklik 'n gemors."

"Sal jy my eerlik op een vraag antwoord, Johan?"

"Natuurlik."

"Was dit jy en Tubby wat Meneer Erlank aangerand het?"

"Ja."

"Maar hoekom."

"Kom ek sê net, he had it coming. En ek maak nie verskoning nie, Anneli, maar iemand sou dit in elk geval gedoen het. Vandag is ek skaam daaroor, maar dit was lekker om hom reg te sien. Hy't daarvoor gesoek. Jy weet hoe hy my verneder het. Maar nouja, jy weet ten minste ek was 'n fieta."

"Nie diep binne-in nie."

"Wel, jy het my wakker geskud. Jy en my Oom Lennie."

"Dink jy nie jy kan 'n bietjie krediet neem vir wat jy daarna gedoen het nie?"

"Nee. Geen mens se sukses lê in wat hy bereik het nie. Sy sukses lê primêr in wie en wat hom oorreed het om dit te doen. Dink jy nie so nie?"

"Dis 'n baie onselfsugtige manier om daarna te kyk, en daarom sal ek dit aanvaar. Feit bly staan, ek is baie trots op jou en wat jy bereik het."

"Trots genoeg om my toe te laat om vir jou 'n koppie koffie te koop?"

Anneli kyk 'n paar oomblikke na die netjiese, afgeronde man voor haar. Dan staan sy op.

"Kan ek jou nog net een vraag vra, Johan?"

"Natuurlik."

191

"Wat sal jy vir iemand sê wat in die posisie is waarin jy destyds was?"

Hy aarsel net 'n oomblik.

"'n Bekende gestremde atleet het gesê, 'you are not disabled by the disabilities you have, you are able by the abilities you have.' Dis wat ek vir die ouens daar buite wil sê."

Anneli kyk in sy oë en glimlag vir hom. Dan haak sy by hom in soos hulle uitstap.

Geagte Leser,

Ons hoop dat u ons boek geniet het en dit boeiend gevind het. U terugvoer is baie belangrik vir ons en vir toekomstige lesers.

Ons sal dit baie waardeer as u 'n paar oomblikke kan neem om 'n resensie op Amazon te skryf. U mening help ander om ingeligte besluite te neem en dit help ons om beter te verstaan wat ons lesers waardeer.

Gebruik jou foon om die QR-kode te skandeer om direk na die resensiebladsy van die boek te gaan. Maak eenvoudig jou kamera oop en klik op die webskakel.

Baie dankie vir u ondersteuning!

Vriendelike groete,
Malherbe Span